미드필더 경영인

희망의
Goal을 쏘다

미드필더 경영인
희망의 Goal을 쏘다

초판 1쇄 인쇄 2014년 3월 24일
초판 1쇄 발행 2014년 3월 31일

저자	|	조건도
펴낸이	|	김진희
펴낸곳	|	SniFactory (에스앤아이팩토리)
북디자인	|	씨엘

등록	|	제2013-000163호(2013년 6월 03일)
주소	|	서울시 강남구 삼성로 508(삼성동 157-3) 엘지트윈텔2차 1608호
전화	|	02-517-9385
팩스	|	02-517-9386
이메일	|	dahal@dahal.co.kr
홈페이지	|	http://www.snifactory.com

ISBN | 979 - 11 - 950663 - 7 - 7

ⓒ2014, 조건도

값 15,000원

미드필더 경영인

희망의 Goal을 쏘다

조건도 지음

다홀미디어

문무겸전 文武兼全
신뢰와 배려의 아이콘

조건도 부사장과는 1985년부터 알고 지내왔지만, 특별히 밀접한 관계를 맺게 된 것은 노사문제가 심각하던 1987년부터였습니다. 당시 나는 부평공장의 조립부장이었고, 조건도 부사장은 과장으로 차체부에서 생산을 맡고 있었습니다.

그즈음 노조와 충돌이 있었는데, 처음 겪는 과격한 노동운동임에도 조 부사장은 당황하지 않고 차분하게 업무 처리를 했습니다. 나는 그 모습을 보고 '쓸 만한 친구로군. 함께 일하면 좋겠어'라고 생각을 했습니다.

그러다가 1998년에 내가 부평공장 공장장이 되면서 함께 근무하게 되었습니다. 그런데 2001년 대우가 부도 위기를 맞았고, 나와 조 부사장은 채권단과 노동조합 설득에 나서야만 했습니다. 하지만 결국 정리해고를 통한 구조조정을 할 수밖에 없는 상황이 되고 말았습니다.

4

이처럼 혼란한 중에도 조 부사장은 정리해고 대상자 선정 및 그에 관련된 업무를 누가 보더라도 공평하고 빈틈없이 준비하여 비교적 후유증이 없이 처리했습니다. 그리고 보이지 않는 노력을 기울여 2002년 GMDAT 발족 후 정리해고된 인원 대부분을 다시 채용할 수 있는 발판을 마련하기도 했습니다.

20여 년이라는 시간을 함께 한 조건도 부사장은 내가 가장 안심하고 일을 맡길 수 있는 후배였으며 또한 문무를 겸비한 임원이었습니다. '문무를 겸비했다'는 것은 머리를 쓰는 일뿐 아니라 실행에 옮기는 능력 또한 뛰어나다는 것입니다. 경제난으로 회사가 혼란스럽고 어려울 때도 흔들림 없이 직원들을 이끌고 임무를 완성했으니 말입니다.

조직 내외부의 신임도도 높았지만 심지어 노조원들의 신뢰도 얻게 된 것은 오랜 세월 동안 일관된 생각과 행동을 유지했으며, 매사를 투명하고 공정하게 처리한 결과라고 생각합니다.

세월이 흘러 직급이 높아지고 바쁜 시간을 보내면서도 박사학위를 취득하는 등 조직의 경영진으로서 항상 노력하는 자세로 스스로의 폭을 넓혀가는 조건도 부사장에게 멀리서나마 응원을 보냅니다.

2013년 겨울 디트로이트에서
전 지엠대우오토앤트크놀로지 사장 **이영국**

도전의식과 감동을 전하는
아름다운 열정

주님 안에서 사랑하고 존경하는 조건도 장로의 책 출간을 진심으로 축하드립니다. 이 책을 통해 조건도 장로님과 동행하셨던 하나님의 역사하심과 노력하는 자의 아름다운 열정을 볼 수 있다는 기대감에 벌써부터 설렘을 갖게 됩니다.

'줄탁동시崒啄同時'라는 말이 있습니다. 병아리가 부화할 때 알 안에서 톡톡 쪼는 것을 '줄'이라고 하고, 어미 닭이 이 소리를 듣고 밖에서 탁탁 쪼아서 부화를 돕는 것을 '탁'이라고 합니다. 이처럼 병아리가 알에서 부화되어 나오려면 줄과 탁이 동시에 이루어져야 하는데, 이는 너와 나, 안과 밖이 동시에 힘을 기울여야 좋은 성과를 거둘 수 있다는 것입니다.

협력과 조화와 균형을 이루어야 아름다운 시너지 효과와 감동의 물

결이 일어나게 되는 것입니다. 무슨 일을 하든지 하나님의 도우심과 사람의 노력이 있어야 합니다. 하나님의 도우심이 없다면 얼마나 허무하고 슬프겠습니까? 또한 사람의 노력이 없다면 얼마나 답답하고 안타깝겠습니까?

옆에서 기도하며 지켜본 조건도 장로님의 삶은 하나님의 도우심과 사람의 노력이 만난 승리의 결과임을 느낄 수 있었습니다.

이 글에는 누구나 그러하듯이 장로님의 생애에 많은 사건들이 있었고, 그 일을 위해 기도하며 열심히 뛰었기에 그러한 일들이 아름다운 열매가 되어 결실하였다는 것을 잘 보여줍니다. '자수성가自手成家'가 아니라 '신수성가神手成家'가 되는 것입니다. 모든 것은 전적인 하나님의 도우심이며 동행하신 흔적이 될 것입니다.

이 글을 읽는 모든 이들에게 도전의식과 감동을 주게 될 것을 믿어 의심치 않습니다. 그 동안 축복의 경험들이 토대가 되어 내 이웃을 돌아보며, 지역사회를 섬기는 큰 일꾼으로 거듭나시기를 기대하며 축복합니다.

앞으로 "네 길이 평탄하게 될 것이며 네가 형통하리라"(여호수아 1:8)라는 말씀의 역사와 임마누엘의 축복이 함께 하기를 기도합니다.

2013년 성탄절에

인천대은교회 담임 **전명구** 감독

희망이 있는 곳,
반드시 길이 있다

축구선수로 시작하여, 대우자동차에서 노무관리를 담당하게 되고, IMF 및 정리해고로부터 신설법인 출범 및 정리해고 복직에 이르는 과정을 현장에서 몸으로 느꼈던 소회와, 드러나지 않았던 부분들을 통해, 수 많은 기업과 종업원들에게 다소나마 타산지석의 의미를 부여하고자 본 책을 쓰게 되었다.

1997년말에 IMF가 터지고, 잘 나가던 시절 의욕적인 해외 경영으로 인한 과감한 투자는 과도한 부채가 되어 대우그룹으로 돌아왔다. 대우그룹이 해체되는가 싶더니 1999년 8월 대우자동차는 채권단과의 협의 하에 기업 경영 개선작업에 들어가는 워크아웃이 개시되었다.

채권단과 협상은 순탄치 않았고, 국내 정상화 보다는 해외 매각이 대안으로 대두되었으나, 그 또한 순조롭지 못했다. 많은 요인들이 있었지만 결정적인 것은 낮은 가동율 대비 과도한 인원들이 문제였다. 수차례 희망퇴직 등을 실시해 보았지만 신청자는 많지 않았다.

다각적인 구조조정과 비용절감 등으로 몸부림을 쳐 봤지만 2000년 말 대우자동차는 끝내 부도에 몰리고 2001년 2월에는 국내 역사상 최대인 1,720여 명의 정리해고에까지 이르게 되었다.

돌이켜보면 정리해고는 당사자나 공장에 남은 사람들에게도 많은 상처와 아픔을 남겼다. 해고 당사자가 겪는 심적, 경제적 고통이야 말로 이루 다 말로 할 수 없지만, 남은 사람들의 불안과 미안함과 안타까움도 결코 가벼운 것이 아니었다.

또한, 매일 본인이 출근하여 일하던 공장의 출입문에 와서 복직농성을 하는 해고자들의 몸짓도 안타까웠으나, 이들을 다시 공장으로 돌아오게끔 동분서주하던 노동조합과 자발적인 1시간 더 일하기 운동 등을 펼친 남아있는 직원들의 노력도 눈물겨웠다.

1,720여 명의 정리해고 또한 전례가 없을 정도의 규모이겠으나, 새로운 회사로 출범했음에도 불구하고, 복직을 원하는 1,620여 명을 복직시킨 사례는 더더군다나 없는 것으로 알고 있다.

그러나 이는 운이 좋았다거나 일부 선의에 의한 것은 아니다. 경영상의 어려움이 정리해고를 초래했다면 물량회복과 경영실적 개선을 통해 복직을 가능케 했던 결과라고 보여진다. 여기에 경영자의 성숙된 철학, 내부 구성원들의 노력, 노동조합을 매개로 한 소통이 이러한 성과를 가능케 했다.

　유사한 사례가 타사에서도 있었다. 일자리를 잃어버린 직원들의 극단적인 선택에 대한 안타까운 소식을 뉴스를 통해 보게 된다. 그러나 우리는 슬픔과 고통에 몸부림쳤을망정 그러한 극단적인 선택을 한 사람은 단 한명도 없었다.

　상처 입은 해고자들은 출입문에서 복직투쟁을 하며 몸부림쳤지만, 내부 직원들에게 폭언이나 폭력을 행사하지는 않았다. 대치하다가 쉴 때는 서로 물도 나누어 마시고, 저녁에는 서로 소주도 기울였다는 얘기도 들었다. 공장 안 사람들은 해고자들의 소식을 들었고, 해고자들도 공장 안의 소식을 들었다. 서로가 망할 시국을 탓했지 서로를 미워하고 외면하지 않았다. 분노의 분출구가 있었고, 동병상련의 동지들이 있었고, 공장 안과 밖에서 서로를 믿었기에 한 줄기 희망이 있었다.

　나는 당시 조립부장을 역임하고 노사협력팀장을 하면서 현장에서 고락을 함께 하며 서로간의 사정을 누구보다 잘 아는 처지에서 정리해고 소식을 알린 장본인이다. 그러나 업무상 한 점 부끄러움은 없었다. 그렇지만, 가슴이 아팠고, 피해를 최고화하고자 복직을 위해 뛰어 다녔지만 그들의 상처를 온전히 치유하지는 못하였을 것이다.

　내가 자책하면서도 새로운 꿈을 꾸게 된 것도 그 즈음이었다. 그러한 아픔과 상처가 다시는 되풀이 되어서는 안 된다는 생각이 들었다. 그리고 이를 가능케 하는 지혜는 책과 책상이 아닌, 현장과 경험으로부터 나온다는 것도 나는 믿어 의심치 않는다. 지금 많이 쑥스럽고 겸연쩍고, 수많은 시선이 따갑기도 하지만 새로운 출발 이전에 그간에 살아온 인생을 한번 정리해 보고, 도약을 위한 반성의 계기로 삼고자 미력하나마 책을 출간하게 되었다. 애정 어린 질타와 아낌없는 조언을 기대해 보면서 말입니다.

Chapter **1**

거무내에서

키운

축구선수의

꿈

"아는 자는 좋아하는 자만 못하고, 좋아하는 자는 즐기는 자만 못하다."

知之者不如好之者 好之者不如樂之者

— 공자孔子

강화도 거무내의
이대독자

　내가 태어난 곳은 우리나라에서 다섯 번째로 큰 섬 강화도江華島다. 자세히는 내가면 고천리(일명 거무내)인데, 흔히 생각하듯 아주 깊은 시골은 아니다. 면사무소와 학교가 있는 곳이니 도농都農의 중간쯤 된다고 할 수 있으리라.

　부모님은 농사를 지으셨지만, 이대독자인 나를 지극히 위하셨기에 여느 시골 아이들과는 달리 소 먹일 꼴을 벤다거나 하는 일을 시키지 않으셨다. 아마 일을 시키려고 하셨더라도 할머니가 절대 반대하셨을 것이다.

　할머니는 정말 나를 눈에 넣어도 아프지 않을 만큼 사랑하셨다. 누이와 여동생 둘은 할머니에겐 무늬뿐인 손녀라 할 정도로 제쳐두고는 오직 나를 끔찍이 위하셨다.

아버지는 마냥 웃음 띤 얼굴만을 생각나게 하는 그냥 '사람 좋은 분' 이었다. 비가 와도 허허, 눈이 와도 허허, 어쩌면 속없이 보일 수도 있 겠지만 누구보다도 성실하셨고, 남을 돕는 데 앞장서신 분이었다.

아버지는 또한 6 · 25전쟁 참전용사이기도 하셨다. 동족상잔同族相殘 의 비극으로 인해 독자임에도 7년이라는 긴 세월 군대생활을 하셨다. 남보다 갑절 길게 군 생활을 하신 것은 어쩌면 아들인 나의 몫까지 미 리 하신 것일지도 모른다. 나는 이대독자라는 이유로 공익근무 그것도 6개월 동안만 군 생활을 했으니까.

그렇게 사람좋은 분으로 기억되었던 아버지는 1999년 67세로 돌아 가셨으니… 내겐 아직도 일찍 가신 아버지에 대한 그리움이 있다.

한창 개구지게 굴 나이임에도 나는 늘 착한 '범생이'였다. 1학년부터 6학년까지 줄곧 반장을 했고, 전교 어린이회장도 지낸 때문이기도 하 지만, 아버지는 장로, 어머니는 권사라는 집안 분위기도 한몫했다.

당시 강화도 같은 시골에 무슨 교회가 있었냐고 반문할지 모르지만 그건 사정을 잘 모르고 하는 말이다. 개화기인 구한말, 서양 문물은 대 개 부산이나 제물포濟物浦(현 인천)같은 항구를 통해 유입되었다. 미국 선 교사인 언더우드Horace Grant Underwood(1859~1916)와 아펜젤러Henry Gerhard Appenzeller(1858~1902)가 입국한 것도 제물포를 통해서였다. 특히 아펜젤 러는 감리교 선교사였기에, 제물포와 가까운 강화도 역시 일찍 기독교 가 전파되었고 교회도 많이 생겼다.

때문에 우리 집안은 할아버지 때부터 자연스럽게 크리스천이었고, 가까운 친척 중에는 목사가 된 분도 여러 분 계시다. 게다가 내 이름은 건도, 경건하게虔 기도를 올리라는禱 뜻이니 크리스천은 운명적이랄 수도 있다.

이처럼 모태신앙인 나는 어릴 때부터 교회에 다녔는데, 그 덕분인지 아니면 어떤 두려움 때문이었는지 '범생이'가 될 수밖에 없었다. 더군다나 동네가 좁은데다가 조계부락, 즉 조씨趙氏 집성촌이었기에 한 집 건너 아제고 두 집 건너 숙모인 터라 서로의 사정을 너무 잘 알고 있어서 함부로 행동할 수도 없기 때문이었다.

혹시라도 도가 넘은 장난을 치거나 한다면 금방 부모님 귀에 들어갈 것이 뻔했다. 하지만 야단맞는 게 두려운 것이 아니라 남들이 내 얘기를 하는 것 자체가 싫었기에 스스로 행동을 조심했다는 말이 맞을것이다.

나는 지금도 아침 7시면 회사에 출근한다. 30분쯤 늦는다고 해도 뭐라 할 사람 없는 위치지만 솔선수범率先垂範의 의미도 있고, 오랜 습관 때문이기도 하다. 초등학생 때도 남보다는 한 시간 일찍 등교했으니까.

어머니는 밥을 차려 주시며 '엎어지면 코 닿을 거린데 뭘 그리 서두르니?' 라며 핀잔 아닌 핀잔을 주셨지만, 나는 후다닥 밥을 먹고 나서는 가방을 들고 학교로 갔다. 마치 그래야만 하는 것처럼.

앞서 밝혔듯 나는 부지런하고 착실한 범생이로 공부도 곧잘 했기에 반장은 도맡아 했고, 6학년 때는 전교 어린이회장을 지내기도 했다. 그렇다고 이른바 '공부벌레'처럼 책만 들여다보고 있지는 않았다. 축구를 좋아해서 시간이 나면 공을 찼고, 평소에는 과묵했지만 연단에 서면 달랐다. 요즘 말로 똑 부러지게 자신의 의견을 호소력 있고 명확하게 발표할 줄 알았다. 당시 열풍처럼 번지던 웅변을 배운 때문이다.

지금 생각해 보면 어린 나이었지만 은근한 카리스마도 있었던 것 같다. 그래서 자연스레 리더십을 배울 수 있었고, 언제나 또래 아이들의 중심이 되었다. 하지만 나는 또래 아이들보다는 몇 학년 위인 형들과 더 잘 어울리길 좋아했다.

이 같은 성격이 형성된 것은 할아버지께 들은 나의 뿌리, 조상에 관한 이야기를 듣고서부터 인 듯하다.

배천白川 조씨
시조 이야기

　강화도에 정착한 배천白川 조씨의 시조는 고려 말과 조선 초 문신이던 조반趙胖(1341~1401) 어른이다. 조반은 고려 조정에서 지밀직사사知密直司事를 지내다가 1392년 음력 7월 17일에 조선 개국에 참여하여 이등공신에 녹훈錄勳되고 부흥군復興君에 봉해졌으며, 시호는 숙위肅魏다.

　위화도 회군으로 왕위에 오른 이성계는 국정에 대한 강령 17개조를 발표하는 등 건국 후의 제반 조처를 강구하였는데, 무엇보다 국호國號를 개정하는 것이 가장 시급했다.

　원로들과 백관을 한자리에 모아 국호를 의논한 결과 '화령和寧'과 '조선朝鮮'이라는 두 명칭이 정해졌다. 화령은 원래 화주목和州牧이었으나 공민왕시대에 화령부로 개칭된 곳으로 이성계의 고향이었다. 또한 조선은 단군조선·기자조선 등 역사적인 맥을 잇는다는 의미를 담고 있었다.

두 이름이 결정되자 이성계는 1392년 11월 한명회의 조부인 예문관 학사 한상질韓尙質을 명나라에 파견하여 조선과 화령 중 하나를 국호로 택해줄 것을 청했다.

그런데 조선이라는 국호와 관련하여 조선과 명의 입장은 판이했다. 조선은 단군조선과 기자조선의 맥을 잇는다는 의도였지만, 명은 기자 조선을 의식한 것이다. 은나라의 현인 기자가 조선으로 망명하여 백성 을 교화시켰고, 주나라가 기자를 조선의 제후에 봉하였다는 『한서지리 지漢書地理誌』의 내용을 염두에 두고 있었기 때문이다.

즉 조선이라는 국호는 민족주의적인 역사관과 사대주의적인 가치관 이 혼재된 이름이라 할 수 있는데, 역사적 평가는 뒤로 미루고 당시 한 명회의 조부 한상질을 수행한 대신 중 한 사람인 조반과 관련된 일화가 있다.

명나라에 도착하여 황제 주원장을 만난 사신 일행이 정중히 인사를 올리고 국호를 받기 위해 왔노라고 말했다.

주원장朱元璋은 속으로 '흥! 동쪽 오랑캐가 건방지게 무슨 국호를 얻 겠다고?' 라고 생각했으나 속내를 드러내지 않고 고개를 끄덕여 다가오 라는 시늉을 했다.

조반이 국호가 담긴 상자를 받쳐 들고 걸어오자 왕은 휘하 장수에게 눈짓을 했다. 칼로 조반을 베라는 것이었다.

조반이 앞을 지나는 순간, 장수는 칼을 빼어 그의 목을 힘껏 내리쳤다.

챙-!

그런데 이게 웬일인가? 조반을 내리친 칼이 부러지고 말았다. 게다가 조반은 아픔도 느끼지 않는지 표정도 변하지 않고 계속 황제를 향해 다가갔다.

다른 장수가 재빨리 칼을 꺼내 다시 조반을 내리쳤다. 그러나 이번에도 마찬가지였다. 칼이 도리어 부러지고 만 것이다.

세 번째 장수 역시 결과는 같았다.

이를 본 주원장은 "칼이 세 번씩이나 부러지다니… 하늘이 저들에게 국호를 정해 주라는 뜻이로구나"라고 탄식을 하며 칼을 거두도록 했다.

보이지 않는 활약으로 국호를 받아 돌아온 조반에게 임금인 이성계는 치하하며 소원을 말해보라고 했다. 이에 조반은 물 맑고 산 좋은 곳에서 조용히 여생을 마치고 싶다고 했고 이성계는 그의 뜻을 들어 주었다.

그곳이 조씨 집성촌의 시조가 되었다고 한다.

거무내의
인물들

먹이 없어서 숯으로 낙엽에 글씨 연습을 하면, 숯검정이 비에 씻겨 냇물을 검게 만들었다고 해서 붙여진 이름 '거무내'.

나의 추억과 꿈이 시작된 정겨운 고향 거무내는 학문의 향기를 품은 독특한 이름 만큼이나 빼어난 인물도 많다. 그 가운데 나와 무척 가까웠던 육상부 선배로서 현재는 미국 감리교회에서 활동하는 정희수 감독과 육촌형인 조건호 박사를 추억해 본다.

정희수 선배는 중학교 때 육상을 가르쳐준 선배였다.

"건도야! 무릎을 더 힘차게 올려. 단거리는 장거리와 달라."

희수 형은 고등학생으로서 내게 육상을 가르쳐 준 실질적인 스승이자 함께 땀을 흘리며 운동장을 달렸던 동료이기도 하다.

대부분 운동을 하는 학생들은 공부는 뒷전이요 운동만 하는데 희수 형은 달랐다. 공부는 물론 운동도 잘했으며 웅변도 했으니 요즘 말로 팔방미인이자 올라운드 플레이어All Round Player였다.

나름 조숙했던(?) 나는 동기보다는 선배들과 잘 어울렸고, 그 가운데 희수 형과는 죽이 잘 맞았다. 그래서 가끔 희수 형은 옥수수빵 같은 것을 내게 슬쩍 건네기도 했다.

그렇듯 친한 사이였지만 졸업 후에 나도 인천에 있는 학교를 다니다 보니 소식이 끊어지고 말았다. 요즘처럼 핸드폰이나 이메일이 없던 시절이니 연락할 길이 없었다.

그러다가 우연히 희수 형이 감리교 신학대학을 졸업하고 목사가 되어 미국에서 지내고 있다는 이야기를 들었다. 하지만 이미 나는 직장을 다니고 있었기에 미국으로 갈 수도 없어 애만 태우고 있었는데, 놀랍게도 희수 형이 우리 교회 주일 오후 예배에 설교를 하러 왔다. 바로 2009년 5월이었다.

예배를 마치고 나는 담임목사님 사무실에서 희수 형을 만났다. 마치 이산가족이 상봉한 것처럼 우리는 한동안 아무런 말도 못하다가 서로를 힘차게 포옹했다.

어린 시절 운동이 끝나면 땀을 씻고자 냇가에서 같이 멱을 감던 형과 아우가 목사와 장로라는 신분으로 다시 만난 것이다. 무려 40년 만에. 뜨거운 눈물이 눈시울을 적셨다.

희수 형(정확히는 정희수 감독)은 미국에서 웨슬리회심 271주년 금식대

성회 중부연회주최 주강사로 초청되어 나오셨고, 당시 인천삼산체육관이 가득 찰 정도로 많은 성도들이 참석했다.

아무리 학창시절부터 남다른 면이 있다고 해도 한국인이 미국의 목사가 되기는 힘들다. 하지만 희수 형은 어린 시절 보여 주었던 천재성을 발휘하여 한인교회도 아닌 미국인 연합감리교회 목사로서, 더욱이 미국의 정치 1번지라고 하는 시카고 지역의 감독이 되었고, 지금은 전근해서 북北 일리노이 지역의 감독이 되었다고 한다. 이역만리異域萬里에서나마 선배의 무운을 기도한다.

거무내에서 함께 한 추억이 있는 또 한 사람은 건호 형이다.

나와는 육촌지간인 건호 형은 강화가 낳은 천재로, 내가초등학교를 졸업하고 강화중학교와 인천고등학교를 거쳐 서울대학교 공과대학을 나온 분이다.

요즘에는 많이 사라졌지만 옛날에는 시골에서 대학 입학생만 나와도 "경축 홍길동 씨 차남 홍경래 ○○대학교 입학" 이라는 플래카드가 걸리고 마을이 떠들썩했다.

그런데 보통 대학도 아니고 서울대학교에 입학했으니⋯ 당시 그 마을이 어떠했을지는 각자의 상상에 맡긴다.

건호 형은 정말 천재였다. 학창 시절에는 만날 놀기만 했는데도 늘 1등을 하였으니 모두가 '저 머리는 도저히 당할 수가 없다'며 고개를 절레절레 흔들었다.

선후배는 물론 학교 선생님과 마을 어른 모두가 칭찬하던 형이었기에 그때부터 나도 '형님 같은 훌륭한 사람이 되어야겠다'는 꿈을 가졌다 해도 과언이 아니다.

건호 형은 서울대학교를 졸업하고 삼성에 입사했다. 그러다가 우연히 이병철 회장의 눈에 띄었는데 "자네 같은 사람은 미국에 가서 공부를 더 해야 한다"며 반 강제로 미국 유학을 보냈다고 한다. 미국 알리바마주 어번대학에서 석사, 프린스턴대학교에서 박사 학위를 취득한 건호 형은 우리나라 초대 공학박사이기도 하다.

유학 중에도 형의 천재성은 유감없이 발휘되었다. 아무리 삼성이 후원한다고 해도 학비며 생활비가 쪼들리는 것은 당연한 일. 형은 아르바이트로 돈을 벌고자 했지만 자리도 많지 않았고, 노동시간에 비해 급료가 너무 싸서 선뜻 할 수가 없었다고 했다. 게다가 그 시간 동안은 공부를 할 수 없으니 손해가 이만저만 아닌가.

그래서 가장 비싼 아르바이트가 무엇인지 조사를 했고, 그 결과 트랙터를 운전하면 전문기술로 인정되어 높은 급료를 받을 수 있다는 사실을 알았다.

건호 형은 시간을 내어 트랙터 운전을 배웠고 (그 역시 남들보다 배는 빨리 배웠다고 한다) 그 후로 시간 대비 상당히 높은 급료를 받게 되었다. 그래서 유학 중인 신분임에도 불구하고 한국의 부모님께 오히려 생활비를 보내 주기도 했단다.

그즈음 형님은 누구에겐가 내가 축구를 한다는 이야기를 듣고 아디 다스 축구화를 보내 주셨다. 서울에서조차 드물었던 물 건너온 축구화를 신고 친구들에게 자랑하며 공을 찼던 기억이 새롭다.

학위 취득 후 삼성을 사직하고 미국인조차 들어가기 힘들다는 유명한 벨연구소에 입사한 건호 형은, 오랜 세월이 지난 2012년에 한국을 방문하셨다. 그때 짧은 해우를 했는데, 내게는 어릴 적 우상이었던 모습 그대로였기에 참으로 감사했다.

다음은 『향우회보』에 실린 형님에 관련된 기사와 형님이 직접 쓴 기고문이다.

조건호 박사 기고문

한세상 사는 것이 왜 이렇게 바쁘고 숨이 찬지 모르겠다. 그것도 외국에 나가 사는 몸이라 더욱 그런가 보다. 오랜만에 고국을 찾았더니 초등학교 동창회를 한다기에 참석했다. 내가 초등학교를 1950년에 졸업을 했으니 62년 만의 일이다.

세상이 좋아지고 통신기술이 발달해서 한동연이란 친구와 이메일을 주고받았는데 5월 18일에 한국에 나간다고 했더니, 19일에 동창모임을 한다는 것이다. 안내장에 미국 조건호가 참석한다고 예고하였으니 불참하면 안 된다고 못을 박는다.

부천 송내역에 10시까지 나오라는 약속시간에 맞추어 나갔더니 강화

'내가의 명인', 미국 땅에서 내가를 빛낸 조건호 박사

조건호 박사는 내가면 고천 2리에서 출생하여 내가초등학교 10회를 졸업한 내가의 명인이다. 1950년도에 내가초등학교를 졸업하고 학비가 적게 드는 서울 철도중학교에 입학하였으나 6·25전쟁으로 인해 강화중학교에 편입하여 3회 졸업생이 되었다.

인천고등학교로 진학한 그는 항상 전교수석의 자리에 있던 수재였다. 인고를 졸업하고 서울대학교 공과대학 화공과로 진학했다. 재학 중 장학생으로 학비 감면을 받았으나 어려운 농촌 살림의 부모님을 걱정하여 아르바이트를 계속했다.

서울 공대를 졸업하고 미국 앨라배마 주에 있는 어번 대학교 초청유학생으로 석사과정을 마쳤다. 조건호 씨는 자기가 하는 일의 끝을 보는 천성으로 뉴저지주 프린스턴대학에서 화공학 박사과정을 마쳤다.

그리고 한 우물을 판다는 집념이 화공학 분야의 일인자가 되었고 이후 미국 벨연구소에 입사한 조건호 박사는 근무능력이 인정되어 기술직에 고위직에 올라 29년간 근속했다.

벨연구소에서 퇴직한 그는 대우통신연구소 부사장으로 추대되어 5년간 봉직하다가 지금은 은퇴하고 아름다운 황혼의 노후를 보내고 있다. 여행과 골프를 즐기면서 손자, 손녀들이 커가는 모습을 보는 것이 행복하다고 말한다.

조건호 박사는 1남1녀의 자녀를 두었는데 장남은 흉부내과의사로 매사추세츠에 거주하면서 하버드의대 강사로 출강한다. 장녀는 뉴욕대학교 행정실 부장으로 뉴욕에 거주하고 있다.

힘들이지 않고 오를 수 있는 정상은 없다고 한다. 조건호 박사의 집념과 노력의 과정에는 엄청난 시련이 있었을 것이다. 그 어려움을 극복하고 정상을 밟는 노고에 찬사를 보낸다. 내가의 명인 조건호 박사의 행적이 자랑스럽다.

에서 도착한 강화노인회 버스에 강화의 동문은 물론 인천과 부천 등지에 사는 동문들이 승차해 있었다.

한 사람씩 반갑게 인사를 나누었다. 얼굴과 이름을 아는 친구도 있고 전혀 기억도 없는 낯선 얼굴도 많았다. 초등학교 동심의 옛날 모습은 간 곳 없고 모두가 팔순을 앞둔 노인들로 지팡이를 짚고 나온 친구들도 여러 명 있었다.

달리는 차 내에서 한동연 총무의 사회로 자기소개와 반가운 인사말을 마이크를 돌려가면서 했다. 62년 만에 만나는 친구들의 반가운 얼굴이고 목소리로 모두가 감명을 주었다.

서울 경복궁에 도착하니 관광객과 수학여행단의 관광버스가 수도 없이 줄을 잇고 있었다. 복잡한 인파속에서 서울 동문들과 합류했다. 동창회에 참석한 총인원이 34명이라고 했다. 여자동문도 10명이나 참석했다.

반가운 만남의 인사를 나누고 민속박물관을 관람했다. 관람을 마치고 점심식사가 예약된 성균관대학교에 있는 식당 진사각으로 이동했다. 깨끗하고 넓은 식당으로 음식도 좋았다.

친구들이 권하는 막걸리와 소주를 받아 마셨더니 취기가 올라 얼굴이 붉어 홍당무가 되었다. 오랜만에 옛정을 나누는 즐거운 점심시간이었다. 점심을 끝내고 식당 옆에 있는 600년 교육의 현장 성균관을 둘러보았다.

다음으로 찾은 곳은 남산 한옥마을이다. 도심 속에 이토록 쾌적한 정원을 갖춘 한옥마을이 있다니 마음마저 포근해진다. 친구들과 어울려 한옥마을을 산책하면서 그동안 살아온 이야기를 나누었다.

몸이 예전 같지 않아서인지 걷기를 포기하고 벤치에 앉아 잡담을 하는 친구들도 많았다. '세월 이기는 장사 없다'는 말이 맞는가 보다.

버스에 오르니 헤어질 시간이 되었다고 한다. 서울, 인천식구들은 전철을 이용해 각자 집으로 가고, 강화친구들은 버스를 타고 간다고 했다. 동창모임의 아쉬운 시간이다.

오랜만에 만난 친구들과 전철을 타고 인천 조카네 집으로 왔다. 이번 고국방문에 큰 의미는 초등학교 동창모임에 참석한 일로 영원히 기억될 것이다.

축구
인생

나는 체구가 큰 편은 아니지만 스피드가 좋았고 순발력이 뛰어났다. 그래서 초등학교 때와 중학교 때까지는 육상선수이자 축구선수로 활동했다. 학교 규모도 작았고 제대로 된 훈련시설이 갖춰진 것은 아니지만 단거리와 높이뛰기에 강해서 도道 대회 정도는 출전하곤 했다.

부모님은 이대독자인 내가 운동하는 것을 마뜩찮게 여기셨으나 학교 공부도 소홀히 하지 않았기에 아무런 말도 하지 않으시는 것 같았다.

비교적 얌전히 자란 덕분에 얼핏 소극적으로 보일 정도로 조용한 성격이지만 그라운드에서는 달랐다. 주 포지션은 미드필더였고 가끔은 라이트윙을 맡기도 했다.

물론 미드필더도 공격형과 수비형으로 나눌 수 있지만 그것은 작전에 따른 구분일 뿐, 대개의 경우 공수攻守 모두를 커버하며 팀을 이끄는 역할을 한다. 이른바 볼을 배급하는 임무를 수행하는 것이다.

때문에 공격과 수비 어느 쪽이나 가능했고, 게임의 흐름을 볼 수 있는 눈을 갖게 되었다고 할 수 있다.

중학교를 졸업한 후 고등학교 진학을 앞두고 부모님과 의견 충돌이 있었다. 부모님은 아들이 인문계 고등학교에 가기를 바랐지만, 나는 축구를 계속하고 싶어 축구를 하는 고등학교로 진학하기를 희망했기 때문이다.

아버지는 처음에는 완강히 반대하셨지만, '자식 이기는 부모 없다'는 말처럼 결국 내 뜻을 들어주셨다. 다만 집과 너무 먼 곳으로 가면 안 된다는 조건을 내세우셨다.

내가 진학한 인천체고는 신생학교였다. 개교 후 첫 입학생인 만큼 선배가 없어서 괴롭힘을 당하지는 않아 좋았지만 실전 기술이나 경기 운영의 노하우를 배우지 못한 점은 아쉬웠다.

특히 나의 경우 중학교 때는 학교에 정식 축구부가 없어 반쯤은 취미로 운동을 했기에, 시합에 나가 보면 어릴 때부터 체계적으로 훈련한 타교他校 학생들과는 수준 차이가 났다. 그러한 부족함은 순발력과 주력走力으로 커버를 했다. 초등학교 때 육상을 한 것이 큰 도움이 되었음은 두말할 필요도 없다.

주 포지션은 여전히 미드필더였고, 2학년 때부터 졸업할 때까지 주장을 맡았다. 혹간 동기들이 후배를 괴롭히면 나서서 말렸고, 오히려 후배들을 격려했다. 그래서 우리 학교 축구부가 비록 실력은 상위권에 들지 못했지만 팀의 결속력만큼은 최고였다고 자부한다.

고등학교 때의 시합 가운데 잊을 수 없는 게임이 있다. 졸업을 앞두고 가진 빅게임으로 상대는 마산공고였고, 우리는 그들의 홈그라운드라 할 수 있는 부산 구덕운동장에서 시합을 했다.

그날 우리 팀은 호흡이 잘 맞아 전반전에서 3:1로 리드하는 압도적인 경기를 펼쳤다. 그런데 텃세가 심해도 너무 심했다. 후반 15분을 남기고 심판은 우리 팀 선수들에게 거듭 파울을 주는 것이었다.

연이은 호각 소리로 경기의 흐름은 바뀌어 결국 3:3 동점이 되었고, 페널티킥으로 승부를 가려야 했다. 이미 주도권은 상대팀에게로 넘어갔고, 우리 팀의 사기는 땅에 떨어졌으니 페널티킥이라고 제대로 들어갈 리 없었다. 결국 우리는 분패하여 통한의 눈물을 흘려야 했다.

그때 나는 마음으로 굳게 다짐했다. 어른이 되면 반드시 축구계의 영향력 있는 사람이 되어 그릇된 관행을 고치겠다고.

꿈을 가지면 이루어진다는 것은 2002년 월드컵에서도 증명되었지만, 나 역시 청소년기에 품은 꿈을 실현할 수 있었다.

1995년 30대 젊은 나이로 인천축구협회 이사가 되었고, 2010년에는 인천광역시 축구협회 회장이 되었으며, 2011년 인천 유나이티드 프로축구단 대표이사를 맡았으니 말이다.

나와 인천축구협회의 인연은 각별하다. 물론 내가 인천 출신인 이유도 있겠지만, 오랜 동안 축구협회 회장직을 맡으신 문병하文炳河(1933~1998) 회장님께서 무척 아껴주셨던 때문이다.

문병하 회장님은 한염해운韓鹽海運을 경영하면서도 1974년에는 경기도 빙상연맹氷上聯盟 회장, 1981년에는 경기도 축구협회장에 선출되어 활약하신 분이다. 1986년에는 인천상공회의소 부회장으로 선출되었으며, 또한 15년 만에 부활한 지역신문 『인천일보』사장직을 맡아 지역언론 창달暢達에 공헌하셨다.

또한 1996년에는 2002년 월드컵축구대회 조직위원으로 선임되어 월드컵 경기의 인천 유치를 위한 준비에 매진하시어, 지역체육 육성·발전에 업적을 쌓은 공로로 새마을훈장 노력장을 수상했다.

1995년 문 회장님은 내게 "자네는 축구선수 생활도 했고, 지금은 인천 경제의 주역인 대기업의 간부이며 대학에 출강도 하고, 여러모로 훌륭한 능력을 가졌으니 나를 도와 협회 일을 해주게"라고 부탁하셨다.

까마득하다는 표현조차 무색할 선배님의 말씀에 따라 나는 축구협회의 일을 보기 시작했다. 회장님의 연설문을 써 드리거나 축구 이론에 대해 보충설명을 드리곤 했다.

세월이 지나며 나는 점점 축구계에서 나름의 목소리를 낼 수 있는 위치가 되었고, 그때마다 항상 심판의 역할과 위상에 대해 강조했다.

"학생부 경기에서 그라운드는 교실과 다름없습니다. 교실에서는 지식만 배우는 것이 아니라 옳고 그름을 구분하는 것도 배우지 않습니까.

그러니 심판은 교사와도 같은 역할을 하기에 편파적인 판단으로 학생들에게 상처를 주거나 불신을 주는 일이 없어야 합니다."

그러나 1998년 내 멘토나 다름없던 문병하 회장님께서 타계하시고 말았다. 나는 의욕을 잃고 협회 일에 손을 떼었다.

잠시 축구인의 신분을 떠나 기업 간부로서 열심히 근무하던 2010년, 축구 선후배들이 찾아와 고충을 털어 놓았다. 축구협회에 문제가 생겨 회장을 새로 뽑아야 되는데, 어려운 시기인 만큼 협회를 맡아 이끌어 달라는 것이었다.

실제 우리나라 체육단체의 수장首長은 체육과 전혀 관련이 없는 인물이 맡는 경우가 적지 않다. 지명도나 사회적 위치가 오히려 중요시되는 것이다. 그러다 보니 스포츠나 선수에 대한 지식이 없어 실수를 범하거나 뜻한 대로 이끌어가지 못하는 경우가 많다.

나는 직업선수 출신으로 인천에서 가장 큰 회사의 전무이사였고, 대학에서 10여 년 동안 강의도 했기에 소위 '현장경험'이 풍부하다는 것이 그들이 나를 찾아온 이유였고, 나 또한 나이가 들면서 '지역사회에 공헌을 하겠다'는 마음도 있었으므로 수락했다.

물론 내가 협회장을 맡고서 순식간에 인천축구협회가 바뀐 것은 아니다. 하지만 현장경험과 스포츠에 대한 이해를 바탕으로 대기업에서 익힌 경영 노하우를 조화시키니 협회는 차츰 안정을 찾았고, 주위에서도 좋은 평을 들을 수 있었다.

나는 무엇보다 군림하는 협회가 아닌 소통하는 협회를 만들고자 노력했다. 협회의 문턱을 낮추어 찾아오는 관계자들을 따뜻하게 맞았고, 그들의 애로를 해결하는 데 도움을 주고자 노력했다.

확 달라진 임원들의 태도에 관계자들은 모두 고마워했고, 우리는 한마음이 되어 전진할 수 있었다. 협회 일을 보며 내가 가장 보람 있다고 느낀 것은 초·중·고등학교 선수들에게 장학금을 지원한 일이다. 번듯한 건물, 호화스런 행사보다는 그라운드에서 달리는 선수들에게 직접적인 혜택이 돌아가도록 하는 것이 정녕 지역 체육을 활성화시키는 지름길 아닌가.

인천축구협회 회장직을 맡은 다음 해인 2011년에는 인천 유나이티드 프로축구단 대표이사를 겸직하기도 했다. 유나이티드 축구단을 운영하면서도 나는 능력이 허락하는 범위 내에서 선수들을 최대한 보호하고 그들이 좋은 경기를 펼칠 수 있는 환경을 만들고자 했고, 시민구단 현실에 맞게 운영되도록 노력했으며 무보수로 봉사했다.

노블리스
오블리주의 삶

　흔히 체육고등학교 학생들은 불량스럽다고 생각한다. 날마다 하는 것이 운동이고, 늘 승부에 집착하다 보니 성격이 거칠어질 수 있기 때문이다. 게다가 좋은 체력을 과시하고 싶은 나이니 만큼 몸이 근질근질하여 걸핏하면 싸움이나 한다고 생각하는 것이다.

　그러나 이는 참으로 잘못된 생각이다. 스포츠란 정해진 룰을 지키며 서로의 기량을 겨뤄 승부를 내는 것이 아닌가. 그런데 기본적인 룰조차 지키지 않는다면 승리를 한다고 해도 정의로운 것이라 할 수가 없다.

　때문에 체육인들은 어렸을 때부터 룰Rule에 익숙해져 있다. 사회적 규범이나 법규를 잘 지키도록 훈련되어 있는 것이다. 물론 끓어오르는 혈기를 다스리지 못해 문제를 일으키는 경우도 없진 않지만, 그것은 극히 소수에 불과하다.

고등학교에서도 나는 여전히 범생이였다. 일반적으로 체육특기생들은 오전에는 수업을 하고 오후에는 운동을 하도록 되어 있지만, 이를 제대로 지키는 경우는 드물다. 오전 수업에 들어가지 않는 것이 다반사요, 교사들도 크게 신경 쓰지 않는다.

하지만 나 자신은 물론 우리 학교 특히 축구부 학생들은 전혀 그렇지 않았다고 자부한다. 우리는 오전에는 누구보다 충실하게 수업에 임했고, 부족함을 메우고자 틈틈이 공부를 했다. 그리고 오후에는 열심히 운동을 했다.

고등학교 3학년 때였다. 나는 진로를 결정하기 위해 선생님께 상담을 청했다. 그런데 선생님은 "대학과 얘기가 다 됐으니 기다려 봐라"는 말씀만 하셨다. 처음에는 다른 학생과도 상담을 해야 하니 바쁘신 모양이라고 생각했으나, 이튿날에도 그 다음날에도 "다 됐으니 기다려 봐라"는 말씀만 되풀이하실 뿐이었다.

정말 답답했다. 내 성적과 운동 실력 그리고 성격과 행실 등을 두루 파악하여 진로 결정에 대한 조언을 해주셔야 할 선생님이자 인생의 선배가 그토록 우유부단하여 결정을 내리지 못하니… 나중에는 화가 날 지경이었다.

결국 나는 부모님과 선배들의 조언을 얻어 스스로 진로를 결정하게 되었다.

잃는 게 있으면 얻는 것도 있는 법. 나는 선생님의 실망스런 태도로부터 배운 것이 있다. 선생님처럼 '기다려 봐라'로 일관하는 태도로 기다리게 만들어서는 안 되겠다는 생각을 가진 것이다.

청소년기에 품었던 이런 생각은 나중에 사회생활을 할 때도 나에겐 커다란 도움이 되었다. 그래서 어떤 일이건 여운을 주는 얘기는 하지 않으며 비교적 신속하고 정확한 결정을 내릴 수 있었다고 본다.

즉흥적으로 결정을 내린 적은 거의 없다. 그만큼 치밀한 준비를 해야 하고, 평소에도 관계된 업무를 세세히 파악하고자 노력했기에 가능한 일이었다. 준비된 사람에게 기회도 찾아온다고 하지 않던가.

고등학교를 졸업하고 인천체대에 장학생으로 입학했다. 입학생 거의가 중고등학교부터, 이르면 초등학교 때부터 운동을 했기에 면면이 범상치 않았다.

나는 중학교 때까지는 키가 큰 편이었으나, 성장판成長板이 일찍 닫혔는지 고등학교 때는 약간 작은 정도였고, 그리고 대학 때는 작은 편에 속했다. 스포츠맨에게 키와 체격은 무척이나 중요하다. 그런데 나는 과거에는 없던 약점이 생기고 말았으니… 방법은 오직 한 가지, 남보다 열심히 하는 길뿐이었다.

물론 대학에서도 내 습관은 변하지 않았다. 오전에는 수업에 충실하고, 오후에는 열심히 운동을 했다. 다른 학생들은 미팅을 하고 저녁이면 술집에서 모이곤 했지만, 나는 당구도 치지 못하고, 술도 마시지 못하였으며, 또 이성에게도 별 관심이 없었다.

캠퍼스 낭만은커녕 어찌 보면 무료하다 싶을 정도로 스스로 정한 충실한 생활을 해나갔기에 그같은 감정은 거의 느끼지 못했다.

대학 2학년을 마치고 입대를 했다. 이대독자이므로 6개월만 복무하면 되는 단기사병이니, 이왕이면 일찍 마치자는 생각에서였다.

친구들은 나더러 '장군의 아들'보다 편한 군 생활을 한다며 조촐한 환송식을 해주었다. 그러나 아버지는 독자임에도 6·25 전쟁을 치르느라 7년의 군생활로 아들 몫까지 국가에 충성하셨으니, 집안으로 보자면 오히려 긴 군 생활을 한 셈이다.

나는 월미도 해군 BOQBachelor Officers' Quarter(독신장교 숙소) 당번병으로 배속 받았기에 남들처럼 고달픈 군 생활을 하지는 않았다. 하는 일도 청소나 정리 등으로 단순했고, 장교들이 출근하고 나면 책을 볼 시간도 많았다.

그때 우연히 접한 책이 있다. 어느 장교의 방을 정리하다가 발견한 '강철왕'으로 불리는 미국의 사업가 앤드류 카네기Andrew Carnegie (1835~1919)의 저서 『부富의 복음Gospel of Wealth』이었다.

앤드류 카네기는 1835년 11월 25일, 스코틀랜드의 던펌린Dunfermline 에서 태어났다. 그의 부친은 작은 직조공장을 운영했는데, 1847년 업계에 증기식 직조기가 도입되면서 공장 문을 닫게 되었다.

집안이 어려워진 카네기는 초등학교를 마치고 취직을 해야 했지만, 특유의 근면함과 성실성으로 직장에서도 상사의 호감을 샀으며, 자신에게 찾아온 행운의 기회를 결코 놓치지 않았다.

방적공장 노동자, 기관조수, 전보배달원, 전신기사 등 여러 직업을 전전하던 카네기는 1853년 펜실베이니아 철도회사에 근무하던 중, 장거리 여행자를 위한 침대차와 유정사업 등에 투자하면서 큰 돈을 벌었다.

1863년에 키스톤 교량 회사Keystone Bridge Company를 공동 설립하며 철강 사업에 뛰어든 그는, 1867년 유니온 제철소, 1870년 루시 용광로 회사를 연이어 설립하며 사업의 폭을 넓혔다. 1872년에 영국의 헨리 베세머 제강소를 방문한 카네기는 강철의 놀라운 잠재력을 깨닫고, 1892년 우리가 잘 아는 카네기 철강회사를 설립한다.

이후 1901년 카네기는 모건계의 제강회사와 합병하여 미국 철강시장의 65퍼센트를 지배하는 US스틸 사를 탄생시켜 '강철왕'이라는 별명을 얻는다. 회사 합병을 계기로 카네기는 사업에서 손을 떼고 교육과 문화사업에 몰두하면서 제2의 경영자적 인생을 시작했다.

당시 기업들은 사업 수익을 통한 주주 이익 극대화에만 신경을 쓸 뿐 사회봉사나 재산의 환원에 대한 관심은 거의 없었을 때였다.

그러나 카네기는 자신의 저서에서 밝힌 것처럼 "인간의 일생은 두 시기로 나누어야 한다. 전반부는 부를 획득하는 시기이고, 후반부는 부를 나누는 시기여야 한다"면서 미국의 역사에 찬란한 기부문화의 꽃을 피우도록 분위기를 만들었다.

미국의 저명한 사서 헨리 베일리Henry Bailey의 저서 『도서관 사색 Thoughts in a Library』에서 '이곳에서라면 근심을 잊을 수 있고 영혼도 쉼을 얻을 수 있다'고 말했듯, 카네기는 특히 도서관에 관심이 많아 2,500곳을 후원하여 공공도서관 발전에 지대한 공헌을 했다.

그는 사회적·문화적·인도적 견지에서 교육 및 학술연구의 진흥, 그리고 사회 봉사활동을 위해 1억3,500만 달러의 기금으로 뉴욕에 카네기문화재단을 설립하였고, 1946년 이후 특히 사회과학의 진흥과 교육법의 개선에 노력을 기울였다.

세계 기업사에서 카네기의 경영철학인 '자선문화 정착'은 미국 경제가 세계의 주역을 맡는 원동력으로 작용했다고 해도 과언은 아닐 것이다.

'부자인 채 죽는 것은 부끄러운 일'이라며, '노블리스 오블리주Noblesse oblige' 즉, 부의 사회 환원이 부자들의 신성한 의무임을 강조한 선각자였던 카네기는 현재 미국에 존재하는 5만6천여 개 자선재단의 시발점에 우뚝 서 있다.

비록 군 생활을 하면서 읽었지만, 카네기의 『부의 복음』은 내게 새로운 세계를 보여 주었고, 인간의 의무를 일깨워 준 소중한 책이었다.

수년 후 내가 성인으로서 사회에 첫 발을 내딛을 때 강인한 정신적 바탕을 이루는 데 커다란 도움을 주었다고 해도 과언은 아닐 듯 싶다.

실업팀 선수
그리고 평생의 반려

　군대를 제대하고 용인대에 편입한 나는 학생 신분으로 실업팀인 코레일Korail에 선수로 입단했다. 학생이자 실업팀 선수로서 두 가지 역할을 해야 했지만 조금도 힘든 줄 몰랐다. 오히려 남보다는 배나 값진 인생을 사는 것 같아 하루하루가 즐거웠다.

　그리고 1983년 할렐루야 축구팀으로 옮겼다. 당시 이영무·박민재 등 쟁쟁한 선수들이 있어 다양한 실전 기술을 배울 수 있었고, 조직력의 중요성도 새삼 깨닫게 되었다.

　모든 운동이 그렇겠지만 특히 축구는 조직력이 중요하다. 축구황제로 불리던 펠레Edson Arantesdo Nascimento가 속했던 팀이 브라질 내에서도 10위권이었다는 사실만 보더라도 이러한 사실이 증명된다.

　오늘날에도 바르셀로나의 메시Lionel Messi나 레알 마드리드의 호날도

Cristiano Ronaldo, 영국의 베컴David Robert Joseph Beckham 등 많은 스타플레이어들이 있지만, 그들이 속한 팀의 조직력이 우수하기에 눈부신 기량을 발휘할 수 있는 것이다.

할렐루야 팀에 소속되어 있을 때, 나는 당시 빅게임이라 할 수 있는 경기를 치르게 되었다. 그 시절로서는 드물게 국내 팀끼리의 경기임에도 TV 중계를 했으니 말이다. 1984년 대구에서 개최된 전국체전 결승에서 상무 팀과 맞붙은 것이다.

소위 스타급 플레이어들이 많이 있는 상무 팀의 전력은 막강했다.

그 당시에 해외파는 전무全無했으며 스타급 선수는 대부분 국가대표 출신이었다. 헌데 군인으로 이뤄진 상무 팀 선수는 거의가 국가대표였으니 실력이 발군拔群인 것은 당연했다. 게다가 나이도 우리보다는 서너 살씩 어렸기에 체력 또한 좋았다.

쉴 틈 없이 몰아치는데, 스피드만큼은 자신 있던 나도 혼이 쏙 빠질 정도였다. 너무 정신이 없어서 게임이 끝났는지도 모를 정도였으니까.

"게임은 자기보다 반 수 위인 상대와 할 때 가장 짜릿하다"는 말처럼, 비록 2:1로 패했지만 내 축구 인생에서 가장 기억에 남는 경기라 할 수 있다.

1983년, 나는 평생의 반려를 만났다. 연애를 한 것도 아니요 미팅도 소개팅도 아닌 중매로 만났으니 내 나이로서는 흔치 않은 일이리라.

인연은 우리 집에서 시작되었다. 주말에 부모님을 뵈러 강화도 집으로 내려왔는데 마침 세 들어 사는 여교사가 "혹시 사귀는 사람 있어요?"라며 말을 걸어 왔다. 갑작스런 물음에 약간 당황하면서도 호기심이 일어서 대화를 나누었고, 여선생은 자신과 같은 직업을 가진, 가장 친한 친구를 소개시켜 주겠다고 했다.

어느덧 내 나이도 꽉 찼고, 부모님도 은근히 눈치를 주시는지라 쇠뿔도 단김에 빼라는 속담처럼 그 자리에서 날짜를 잡았다.

하지만 이는 나만 모르게 계획된(?) 일이었다. 세든 여선생의 친구(지금의 아내)는 이미 몇 차례 강화도에 놀러 왔고, 그때 그녀를 눈여겨보셨던 내 부모님은 여선생이 친구를 소개하는 것처럼 하여 나와의 자연스런 만남을 추진시킨 것이다.

다음 토요일. 어쩌면 평생의 반려를 만날지도 모른다는 기대감에 나는 깨끗이 다린 옷을 입고 약속장소인 동인천으로 갔다. 다방에서 커피를 시켜 놓고 기다리는데 약속시간인 6시가 한참 지났건만 두 사람은 나타날 줄 몰랐다.

'첫 약속인데 시간을 지키지 않다니…. 상대 여선생이 내가 마음에 차지 않는건가? 아니면 이미 사귀는 사람이 있는 걸 모르고 무작정 소개시켜 준다고 한 건가?'

이런 저런 생각을 하다 보니 조금은 화가 나기도 하고 한편으로는 피치 못할 무슨 일이 생긴 건 아닌지 걱정이 되기도 했다.

시계바늘이 6시 30분을 지나자 나는 도저히 견딜 수가 없어 자리에서 일어나 다방을 나섰다. 길에 나서니 싸늘한 바람이 내 얼굴을 스치고 지나갔다.

막 발을 옮기려는 순간, 멀리서 허겁지겁 달려오는 두 여성의 모습이 보였다. 우리 집에 사는 여선생 곁에 소박하고 수수한 하얀 얼굴의 여성이 눈에 들어왔다. 영화나 소설에서처럼 한눈에 반한 것은 아니지만 첫인상이 좋았다.

만남을 주선한 여선생은 '너무 늦어서 미안하다'며 사과의 말을 했지만 내 시선은 그녀의 친구에게 고정되어 있었다. 수줍은 미소를 짓는 단아한 모습의 첫인상이 좋았던 것이다.

우리는 다시 다방에 들어가 얼마 간 이야기를 나누었고, 소개를 주선한 여선생은 눈치 빠르게 자리를 비켜 주었다. 함께 저녁을 먹고 나자 다소 머쓱하기도 해서 "탁구 칠 줄 아느냐?"고 물었다. 그녀는 고개를 끄덕였고, 우리는 근처의 탁구장으로 들어갔다.

그녀는 여성으로서는 탁구를 상당히 잘 치는 편이어서 나는 내심 후한 점수를 주지 않을 수 없었다. 직업 선수인 나로서는, 만나는 여성도 스포츠에 능했으면 좋겠다는 생각을 평소에도 했기 때문이다.

그렇게 우리는 서로에게 호감을 느꼈고, 둘만의 역사를 만들어 나가기 시작했다. 흔한 말로 '사랑의 밀당'을 2.5그램의 탁구공으로 주고받은 것이다.

이렇게 시작된 인연으로 우리는 연인 사이가 되어 주말이면 데이트를 했다. 당시 그녀의 근무지는 경기도 광주였는데, 마침 우리 축구단 숙소가 잠실이었기에 그리 멀지 않았다. 내가 주로 광주로 갔고, 어떤 날에는 여선생의 본가가 있는 신촌에서 만나기도 했다.

데이트라고 해봐야 다방에서 차를 마시며 이야기를 나누거나 아니면 제과점 가는 것이 고작이었지만 만남을 거듭할수록 조용하면서도 순수한 성격이 나와 잘 맞을 것이라는 생각이 들었다.

교제한 지 6개월쯤 되었을 때 "나는 당신이 마음에 들어 반려로 삼고 싶다. 하지만 나와 결혼하려면 두 가지 조건을 따라주어야 한다. 첫째는 부모님을 모셔야 한다는 것이고, 둘째는 교회에 나가야 된다"는 참으로 무뚝뚝한(?) 프러포즈를 했는데, 그녀는 조용히 고개를 끄덕여 승낙을 표시했다.

비록 담담한 표정을 지었지만 아내가 내심으로는 적지 않은 고민을 했으리라는 것을 잘 안다. 내가 외아들이므로 시부모를 모시는 것은 당연하더라도 시집살이가 결코 쉬운 일은 아닐 테고, 더더욱 종교 문제는 갈등이 컸을 것이기 때문이다.

그녀는 영세까지 받은 착실한 가톨릭 신자였다. 아무리 마리아가 예수님의 어머니라 하지만 그래도 천주교와 기독교는 교리의 차이가 있는데, 어릴 때부터 가져온 신앙을 하루아침에 바꾸기란 쉽지 않았을 것이다. 그럼에도 그녀는 두말 않고 내 말을 따라주었으니, 결혼 전부터 나는 커다란 마음의 빚을 안게 된 것이다.

양가兩家도 우리의 뜻을 존중해 주어, 이듬해인 1984년초 약혼식을 치렀고, 그해 가을에 결혼식을 올렸다. 당시에는 해외로 신혼여행을 갈 엄두를 내기 힘들어서 나는 제주도를 가려 했으나, 아내가 이미 여러 번 다녀왔으니 다른 곳으로 가자고 했다.

결국 설악산으로 갔는데 근처에는 별다른 시설이 없었기에 낮이면 산을 올랐다. 그리고 그것은 우리 부부의 평생 취미가 되었다. 신혼여행지에서 평생의 취미를 만든 것이다.

결혼 후, 아내는 강화도 근처의 김포에 있는 학교로 전근 신청을 하였고, 지금은 강화도에 있는 초등학교에서 근무하고 있다. 지금은 두 아이의 어머니로서 내조에 충실한 아내를 볼 때마다 나는 잠언 31장 10~12절을 떠올린다.

"누가 현숙한 여인을 찾아 얻겠느냐. 그 값은 진주보다 더하니라. 그런 자의 남편의 마음은 그를 믿나니 산업이 핍절치 아니하겠으며, 그런 자는 살아 있는 동안에 그 남편에게 선을 행하고 악을 행치 아니하느니라."

이제 나이도 들고 직위도 높아지니 간혹 결혼식 주례를 부탁하는 직원이 있다. 그때마다 나는 기꺼이 기쁜 마음으로 수락한다. 두 사람이 가정을 이루는 데 내가 작은 보탬이 된다는 사실에 감사하고 보람되기 때문이다.

나는 주례사를 할 때면 '결혼은 제2의 탄생이며 남녀가 하나가 되

어 가정을 이루는 것'임을 강조하고, 내 경험에 비춰 '행복한 가정의
3가지 조건은 건강 · 사랑 · 꿈과 희망이니 이를 지키도록 하라'고 당
부한다.

1만 시간의
법칙

결혼한 이듬해인 1985년 나는 대우자동차 실업팀 축구선수로 입사하였다. 당시에는 대우그룹의 김우중 회장이 대한축구협회 회장직을 맡고 계셨고, 대우는 프로팀을 위시해서 자사마다 몇 개의 실업팀이 있었다.

내 소속은 대우자동차 총무부였고, 일반직원과는 달리 오전에는 업무를 보고, 오후부터는 운동을 했다. 겉보기에는 학교 때와 별 차이가 없는 것 같았다. 아니 오히려 편했다. 업무를 제대로 하지 않거나 서툴다고 하여 야단치지도 않았다.

상사와 동료들은 "처음이니까 당연하지. 차차 배워 가면 될 거야. 물론 운동도 열심히 하고"라며 격려했지만, 학교와 사회는 분명히 달랐다. 학교에는 선생님도 있고, 친구들도 있었으며, 학생 즉 '배우는 입장'이기에 모르는 것이 당연하다는 암묵적 인정이 있었지만 회사는 그렇지 않았다.

모두가 웃는 낯을 보이고, 업무에 서툰 내게 도움을 주려는 것 같았지만 뒤에서는 손가락질을 하는 경우도 있었다. 나는 학생 때도 오전 수업을 빼먹지 않았듯 주어진 업무를 충실히 하고자 노력했다. 모르는 것은 묻고 배웠으며, 혹시라도 마무리를 하지 못하면 운동을 마치고 돌아와 늦게까지 책상에 앉아 일을 끝내고서야 퇴근을 했다.

몇몇 직원은 "제법 열심히 하는 척하지만… 뭐 오래 가겠어?"라거나 "하긴 공만 찼지 공부를 어디 제대로 했겠어?"라고 수군대며 내 등 뒤로 싸늘한 눈초리를 보내기도 했다.

실업팀 선수들은 은퇴할 나이쯤 되면 대부분 대리급이 된다. 하지만 운동만 하느라 업무에 대해서는 전혀 파악하고 있지 못하니 결국에는 도태되고 만다. 실제로 선배 가운데도 과장급에서 회사를 떠난 이가 있다.

나는 절대 그들과 같이 되지는 않으리라 마음을 다짐하고 오전에는 착실하게 근무를 했고, 오후에는 운동을 했으며, 시간을 쪼개어 명지대학교 대학원도 다녔다.

1년 동안 주경야독晝耕夜讀이 아니라 조무주동야독朝務晝動夜學(오전에는 근무, 오후에는 운동, 저녁에는 학업)으로 석사학위를 받았다. 전공은 체육학이었다.

짧지 않은 기간 선수 생활을 한 터라 내 논문은 생동감이 있다는 평가를 받았고, 국내에서는 희소성도 인정받았다. 그리고 이를 계기로 20대 나이인 1987년부터 인천대학교에 출강하게 되었다.

'가르치면서 배운다'는 말처럼 나는 강단에 서서 후배들을 교육하며 많은 사실을 새로이 깨달았다. 집단운동은 개인의 기량보다는 화합을 바탕으로 한 조직력이라는 것을 재삼 확인했고, 우리나라 스포츠계 전반 분야가 낙후되었다는 사실도 느낄 수 있었다.

대기업이 운영하는 프로팀조차 마케팅에만 신경을 쓸 뿐 경영은 거의 주먹구구식이라 가슴이 아팠다. 이는 곧 선수들의 처우 및 진로에 지대한 영향을 끼치기 때문이다.

오늘날에는 많이 나아졌지만, 아직도 우리나라는 체육계가 너무 좁다. 뻗어나갈 길이 극히 제한된 것이다. 선수층이 얇은 것도 이 때문이다.

축구의 박지성을 비롯하여 피겨 스케이트의 김연아, 스피드 스케이트의 이상화, 골프의 박세리와 후예들, 야구의 추신수나 류현진 같은 국제적인 스타가 있긴 하지만 세계적으로 보자면 결코 많은 숫자는 아니다.

대학교만 보더라도 한 종목의 선수가 수백 명인데, 국가대표 또는 프로팀에 들어가는 이는 불과 몇 퍼센트뿐이다. 나머지는 대체 어쩌란 말인가.

중고등학교 때도 운동만 했으니 일반회사에 들어가기도 어렵고, 설혹 직업선수 생활을 한다고 해도 은퇴 후에는 막막하다. 하다못해 지방 중고등학교 코치라도 되면 생계는 해결할 수 있지만, 그것도 확률이 썩 높지는 않다.

그동안 모아 둔 돈으로 사업을 시작하기도 하지만, 사회 경험이 부족하여 성공할 확률도 적다.

세계에서 가장 영향력 있는 경영사상가 10인 가운데 한 사람인 말콤 글레드웰Malcolm Gladwell의 저서 『아웃라이어Outliers』를 보면 '1만 시간의 법칙'이라는 이야기가 나온다.

사람이 어떤 분야에 정통하기 위해서는 1만 시간을 투자해야 한다는 것이다. 일반적으로 하루 4시간 정도 투자하여 10년 정도가 지나야 1만 시간을 채울 수 있고, 그 정도가 되어야 비로소 한 분야에서 명함을 내밀 수 있다는 것이다.

운동선수도 크게 다르지 않다. 요즘이야 초등학교 때부터 체계적인 훈련을 시작한다고 하지만, 중·고등학교와 대학교만 따져 보더라도 통상 10년의 운동 경력을 가진다. 하지만 그 가운데 자신이 원하는 길로 나갈 수 있는 이는 많지 않다. 나머지는 직업선수도 아니고 일반인도 아닌 애매한 상태가 되고 만다. 1만 시간을 투자했지만 그 결과는 기대에 미치지 못하는 것이다.

물론 무조건 시간을 투자한다고 성공하는 것은 아니겠지만, 우리나라의 경우 개인보다는 사회적·국가적 요인이 많은 듯하니 안타깝기

그지없다.

　나는 강의를 하면서도 스스로의 경험에 비추어 전공이 아닌 부전공에도 시간과 노력을 투자할 것을 강조했다. 외길을 가는 것도 중요하지만, 그 길이 막혔을 때 다른 길을 찾을 수 있는 능력을 갖춰야 각박한 현대사회에서 살아남을 수 있기 때문이다.

　나 역시 내 분야에 1만 시간 이상을 투자한 만큼 선배들의 잘못된 전철을 밟지 않고자 노력했다. 운동은 물론 업무도 충실히 하였기에, 내가 입사했을 때 대리였던 선배보다 빨리 승진을 할 수 있었다.

　이후에도 나는 기존의 승진이라는 관례를 뛰어넘어 특진이라는 이름으로 차장, 부장을 거쳐 최연소 상무가 됐다. 선수 출신 직원 대부분이 과장급에서 퇴직하는 것에 비하면 이례적인 일이었다.

　상무 직을 맡은 때가 2003년 1월, 내 나이 43세였으니, 과장이 되고 9년이 지나서였다. 그동안 스스로에게 투자한 것이 눈에 보이는 결과로 가속화되어 나타난 것이다.

내 식대로
살련다

1989년 말, 대우자동차 축구팀이 해체되었다.

기분이 암울했다. 초등학교 때부터 대학 그리고 실업팀 선수로서 활동하던 무대가 없어졌으니 가슴 한 구석이 텅 빈 것 같았다.

아마 몇 살 더 젊었다면 상실감은 더욱 컸으리라. 하지만 그때는 이미 서른이 넘어 그라운드에 나가지 않았고 팀을 관리하는 역할을 하고 있었기에 그나마 충격을 덜 받았다고 할 수 있다.

그라운드를 벗어나 축구 관련 업무를 보니 선수 시절보다는 시간 여유가 있었지만, 그런 만큼 스스로의 앞길을 생각하지 않을 수 없었다. 실업팀 선수의 처우는 일반직원과 같지만, 오전에는 근무를 하고 오후부터 운동을 한다. 그러다 보면 자연히 업무에서는 소외되기 마련이고, 다른 직원들도 별 신경을 기울이지 않는다.

때문에 서른이 넘어 선수 생활을 접고 업무에 복귀하게 되면 실제로 할 수 있는 일이 거의 없다고 해도 과언이 아니다. 홧김에 사표를 던지고 얼마 되지 않는 퇴직금으로 개인사업을 시작하기도 하지만, 그 역시 사회경험이 거의 없기에 실패하는 경우가 많다.

나 역시 축구라는 길을 계속 갈 것이냐 아니면 회사원으로서 거듭날 것인가 하는 기로에서 남모를 고민이 적지 않았다. 나이가 들었기에 선수로서도 활동할 수 없고, 대학 축구감독직을 맡아 달라는 곳도 있었지만 고사하고 말았으니 결국은 회사에 남아 남들보다 더 열심히 직장생활을 하는 것 뿐이었다.

그러나 그 당시에는 회사원으로서의 능력도 뛰어나다고 할 수는 없었다. 나름대로 노력을 하여 업무는 대략 소화할 수 있었지만 명문대학을 나온 직원들과 비교하면 많이 모자랐다.

하긴 업무에는 '1만 시간'에 한참 미치지 못하는 투자를 했으니 당연한 결과였다. 학생들에게 그토록 강조하던 내용이건만 스스로에게 적용하자니 어려움이 많았던 것이다.

그럴 때면 '늦었다고 생각할 때가 가장 빠른 때'라는 말을 떠올리며 스스로를 다잡았다. '비록 조금 늦긴 했지만 그만큼 노력을 하면 될 것 아닌가. 운동할 때처럼 말이야. 꼭 1만 시간이 아니라도 돼. 그동안의 경험이 있으니 3천 시간만 투자한다고 해도 적지 않은 성과가 있을 거야.'

이렇게 결심을 한 후, 1990년 나는 대리 직함을 달고 생산 현장 근무를 자원했다. 대리 승진했을 때가 제일 좋았다. 이전까지는 '건도 씨'에 익숙해 있었는데, 대리부터는 직함을 불러주기 때문이다.

대리라는 직함을 가진 만큼 직원들의 모범이 되어야겠다는 생각이 들었다. 그래서 내게 주어진 업무를 처음부터 다시 익혔다. 아주 세세한 부분까지도. 기초적인 경영지식이나, 기본적인 제품정보는 물론, 경제흐름이나 업계 동향을 파악하기 위해 관련서적이나 신문을 빼놓지 않고 읽었다. 또한 도움이 될 만한 사람들을 찾아 다니며 각 부문의 업무 및 내용들을 파악하기 위해 분주한 나날들을 보냈다.

그래도 뭔가 부족했다. 더욱 답답한 것은 어떤 것이 부족한지 모른다는 것이었다. 그때 마치 가뭄의 단비처럼 나를 구원한 책이 있다. 군 복무 시절, BOQ에서 보았던 카네기의 저서처럼 내 인생의 터닝포인트를 마련해 준 것은 의사이자 한글학자인 공병우 박사가 쓴 『나는 내 식대로 살아왔다』라는 책이었다.

공병우公炳禹(1907~1995)는 의사이자 한글 기계화 운동을 펼친 인물이다. 1938년 한국인 최초로 안과 전문의원인 '공안과'를 개원한 의학박사였으며, 일제 강점기 말기에는 강압적인 창씨개명 정책에 대한 반발로 스스로 '금일今日 공병우 사망'이라고 선언한 강직한 인물이다.

일제강점기 말 농업학교를 다닐 때, 그는 작문 시간에 한 편의 글을 썼다. 학교와 교장을 비판하는 내용이었다. 작문 때문에 퇴학을 당할지도 모른다는 그의 우려와는 달리 담임과 교장은 "글 솜씨가 아주 뛰어나군. 논리도 있고 표현도 좋아. 농업고등학교를 다닐 게 아니라 다른 길을 걸어 보면 어떤가?"라며 공병우를 격려했다. 교장의 권유로 공병우는 농업학교를 중퇴하고, 공부에 매진하여 검정고시 비슷한 제도를 통해 의사 시험에 합격했다.

한 편의 작문과 그를 통해 인재를 알아본 일본인 교육자가 미래를 열어 주었으니 '의인義人은 하늘이 돕는다'는 옛말은 과연 틀리지 않았음을 알 수 있다.

게다가 그의 할아버지 또한 범상한 분이 아니었다. 할아버지는 "평소 남에게 적선을 하는 사람은 난리가 나도 산다"는 말을 하셨고, 공병우는 이를 금과옥조金科玉條로 여기며 살았는데, 실제로 6·25 전쟁 때 그가 적선한 사람들의 호의에 찬 증언으로 목숨을 구했다고 한다. 공병우가 안과의사로서 의료 봉사를 하고, 후일 재산을 사회에 기부한 것은 모두 할아버지의 가르침에 따른 것이라고 할 수 있다.

국내 최초로 서울에서 안과를 개업하여 의사로서 활동하던 공병우 박사는 자신의 인생을 뒤바꾸는 운명과 조우한다. 진료차 찾아온 한글학자 이극로李克魯(1893~1982)를 만난 것이다.

"우리가 흔히 말하는 언문諺文이란 글은 세계에서도 보기 드문 훌륭한 글인데, 일본놈들이 이 글을 못 쓰도록 탄압을 하고 있죠. 아니, 일본놈들만 그런 게 아니라, 우리 조선 사람들까지도 제 나라 글에 대해 대체로 무관심한 편이죠. 아니, 한술 더 떠 아예 한글은 글자가 아닌 것인 양 무시하는 식자識者들이 많습니다."

이극로의 말에 감명을 받은 공병우는 한글 전용 주창자가 될 것을 결심하고 한글 타자기의 개발을 위해 열정을 불사른다. 나이도 잊고, 언제나 청바지 차림으로 작업에 몰두한 그의 열정은 마침내 결실을 맺어 1949년 최초로 세벌식 타자기 개발에 성공한다.

이미 다섯벌식과 네벌식 글자판 타자기가 나와 있었으나 실용적이지 못했기에 공병우 타자기는 나오자마자 널리 사용되기 시작했다. 하지만 1960년대 말 정부는 타자기에 네벌식 글자판을 표준으로 채택했고, 1980년대에는 두벌식 자판이 컴퓨터 표준으로 채택되면서 글자판의 통일이 이루어지지 않았다.

공병우는 "나는 한글의 제자製字 원리와 일치하는 세벌식 타자기 개발을 목표로 삼고 지금까지 연구하던 두벌식 자판을 미련 없이 포기했다. 그런데 요즘 한국에는 기현상이 생겼다. 내가 이미 40여 년 전에 만들었다가 기계공학적인 무리가 많은 것을 깨닫고 내버린 바로 그 두벌식 시스템을 요즘에 와서 정부 표준판이라고 정해 놓고 있으니, 정말 한심스러운 일이 아닐 수 없다"며 탄식했다.

이러한 발언이 화근이 되어 국가시책에 반대하는 불순세력이라는 억지스런 이유로 중앙정보부에 끌려가 고초를 겪기도 했지만, 그의 열정은 식을 줄 몰랐고 더더욱 연구와 세벌식 자판 보급에 몰두했다.

공병우는 또한 "교육계에는 '평생교육'이란 말이 있는 모양인데, 나는 바로 그 '평생교육'을 목표로 살고 있는 사람이다. 실력 있는 사람이 정당한 대접을 받고 사는 사회가 참다운 민주사회라고 생각한다"며 일생 동안 공부를 하며 자신의 내면을 닦은 인물이기도 하다.

비록 그의 뜻이 관철되지는 못했지만, 1995년 눈을 감으며 남긴 유언 또한 범인凡人은 상상조차 할 수 없을 만큼 뜻이 깊다.

"나의 죽음을 세상에 알리지 말고, 장례식도 치르지 말라. 쓸 만한 장기臟器는 모두 기증하고 남은 시신도 해부용으로 기증하라. 죽어서 땅 한 평을 차지하느니 그 자리에서 콩을 심는 게 낫다. 유산은 맹인盲人 복지를 위해 써라."

제목이 마음에 들어서 구입한 책이었는데, 나는 밤을 지새우며 읽었다. 도저히 손에서 놓을 수 없던 때문이다. 집사람이 '대체 무슨 책이기에 그렇게 잠도 자지 않고 읽느냐?'고 물을 정도로 나는 책에 몰입했다.

책을 덮고 나서도 잠을 거의 자지 못한 터라 몸은 나른했지만 정신은 더없이 맑았다. 신세계를 발견한 콜롬부스Christopher Columbus (1451~1506)와도 같은 심정이랄까.

나는 비록 의사도 아니고 공병우 박사만큼의 열정을 지니지는 못했지만, 나름 옳다고 생각하는 바는 뜻을 굽히지 않고 살아온 것이 크게 틀리지 않았음을 확인했기에 더없이 고마웠고 또한 확신을 가질 수 있었다.

지금도 주위의 누군가가 책을 추천해 달라고 하면 나는 서슴없이 공병우 박사의 자서전 『나는 내 식대로 살아왔다』를 권한다. 그리고 나처

내 식대로 살련다 **61**

럼 그들 역시 자신의 식대로 살기를 기원한다.

이 책으로 인해 내게 바뀐 것이 또 하나 있다.

직장 생활을 하다 보면 회식이나 손님 접대 등으로 간혹 노래방을 가기도 하는데, 내 애창곡은 조영남의 '내 고향 충청도'였다.

내 고향은 강화도이고, 1·4 후퇴를 겪은 세대도 아니지만 조영남의 구성진 음성과 민족의 아픔을 담은 가사가 와 닿아 즐겨 부르곤 했다.

하지만 공병우 박사의 자서전을 읽은 뒤에는 변화가 생겼다. 미국의 배우이자 가수 프랭크 시내트라Francis Albert 'Frank' Sinatra(1915~1998)가 히트시킨 '마이웨이My Way'로 애창곡이 바뀐 것이다. '나는 내 식대로 살아왔다'와 일맥상통하는 부분이 있기 때문이다.

I've lived a life that's full. I've traveled each and every highway.

And more, much more than this, I did it my way.

나는 충실한 인생을 살았지. 가보지 않은 곳이 없을 정도로 여기저기 다녔다네.

하지만 무엇보다도 중요한 것은 나는 내 식대로 했다는 것이라네.

Regrets, I've had a few. But then again, too few to mention.

I did what I had to do. And saw it through without exemption.

물론 후회할 일도 있긴 하지. 하지만 다시 생각해 보면 언급할 정도는 아니야.

나는 내가 해야 할 일을 했고 그리고 예외 없이 해냈지.

I planned each charted course. Each careful step along the byway.

And more, much more than this, I did it my way.

나는 계획을 잘 세워서 했고 작은 일도 소홀히 하지 않았어.

하지만 무엇보다도 중요한 것은 내 식대로 살았다는 것이지.

When I bit off more than I could chew. But through it all, when there was doubt, I ate it up and spit it out.

I faced it all and I stood tall. And did it my way!

내가 할 수 있는 것보다 더 욕심을 낸 일도 있었지.

하지만 의심이 들면 감수하거나 아니면 무시해버렸지.

나는 모든 것과 정면으로 맞섰고 굽히지 않았어.

그리고 그 무엇보다도 나는 나의 길을 갔다네.

To think I did all that; And may I say, not in a shy way.

No, oh no, not me, I did it my way.

생각해 보면 나는 모든 것을 해냈고 감히 부끄럽지 않았다고 말할 수 있어.

그래, 나는 그렇지 않았어. 나는 나의 길을 갔지.

인생 제2막을 위한
준비

1994년, 나는 과장으로 승진했다. 동기들보다 훨씬 빠른 승진이었다. 더구나 축구선수 출신임을 감안하다면 전무후무한 고속승진이었다.

대리때부터 노무 관리 업무를 맡았기에 많은 직원들과 친분을 쌓을 수 있었고, 그들의 입장을 상당 부분 이해할 수 있었다. 하지만 회사와 노조의 중간에 서서 일을 원만히 처리하기란 결코 쉽지 않았다. 괜한 오해를 사기도 하고 성심껏 대해 주면 무리한 요구를 해오는 일이 왕왕 있었기 때문이다.

그러다 보니 사람 대하기가 겁이 났다. 하지만 서로의 관계가 형성되지 않으면 도저히 일을 해나갈 수 없었다.

'급히 먹는 밥이 체하는 법', 나는 차근차근 단계를 밟아 가기로 마음

먹었다. 우선 현장을 자주 방문하여 그들과 안면을 익히는 한편 업무를 파악했다. 누가 어떤 일을 하며, 그 일의 성격과 난이도 등은 물론 나아가 개개인의 가정사까지 알고자 노력했다. 특히 직원들의 경조사는 만사를 제치고 참석하였다.

또한 회사직원뿐 아니라 청소하는 직원이나 식당에서 일하는 업체직원들도 배려를 했다. 그들의 고충을 귀담아 듣고 힘이 닿는 한 해결하고자 애를 썼다.

때로는 손해 보는 일도 있었고, 상사에게 꾸지람을 듣기도 했지만 내가 옳다고 생각하는 일은 소신을 굽히지 않고 밀고 나갔다.

시간이 지나자 사람들은 변하기 시작했다. 내 진심을 알게 된 직원들은 하나둘 속내를 터놓기도 했다. 어느 정도 신뢰를 쌓게 되니 비로소 '관계'가 형성된 것이다.

모든 일은 결과가 말해 주는 법. 내가 노사 업무를 맡고 얼마 지나지 않아 적지 않은 문제가 해결되니 상사들도 나를 인정하여 '재량껏 하라'고 했다. 직원들뿐 아니라 상사의 신뢰도 얻게 된 것이다.

후일 대우는 워크아웃과 부도, 해외매각 등 일련의 사태로 노조의 극렬한 투쟁과 대량 정리해고라는 아픔을 겪지만, 많은 직원들이 나를 신뢰했고 그들과 원활한 소통을 했기에 다시 만나서도 웃을 수 있었다고 생각한다.

그래서 나는 지금도 조직이나 사회에서 가장 중요한 것은 '관계'이고, 그 바탕은 '신뢰와 소통'임을 강조한다.

1990년 나는 우리나라 체육학박사 1호인 김태식 박사를 만났다. 김 박사는 미국 텍사스Texas 대학 체육과 교수로 우리나라 체육계의 발전을 위해 내한했다가 한 모임에서 나와 만나게 되었다.

축구선수 출신 기업 간부이자 대학에 출강도 하고 있는 내게 김 박사는 흥미를 느꼈는지 따로 자리를 갖자고 했다.

그 자리에서 체육계와 축구에 대한 소신을 피력했더니 김 박사는 "그 말에 나도 백 퍼센트 공감해요. 하지만 그 뜻을 펴려면 공부를 해야 하고 나름의 준비도 필요해요. 마침 앨라배마Alabama 주에 있는 미국 스포츠아카데미United States Sports Academy에서 동양인을 위한 박사 과정을 개설했으니 등록하면 어떻겠소?"라고 솔깃한 제안을 했다.

스포츠아카데미는 미국에서도 손꼽히는 체육 관련 전문대학원으로 현 IOC 위원 가운데는 그곳 출신이 상당수이다.

은사이신 이병욱 학장님께서도 참여 하신다고 함께 하자고 하여, 김태식 박사의 주선으로 나를 비롯한 우리나라 체육과 교수와 관계자로 이뤄진 20여 명이 스포츠아카데미에서 박사과정을 밟게 되었다.

학교가 미국이어서 방학이나 휴가를 이용하여, 학기마다 4주일씩 미국에서 머물며 강의를 듣고 논문을 준비했다.

나는 1996년 『한국 5대 기업의 스포츠 프로그램에 관한 비교 연구 A Descriptive Study of Programs in the Five Major Corporations in the Republic of Korea』라는 논문으로 박사학위를 취득했다.

박사과정을 밟은 1991년부터 1996년까지 5년이란 기간은 회사의 간부이자 대학 강사로서 그리고 학위 취득을 위한 학생이라는 1인3역을 해야 했다.

절대 어느 하나도 소홀히 할 수 없기에 나는 졸린 눈을 비벼가며 논문을 썼고 강의 준비를 했으며, 회사 업무 또한 더욱 꼼꼼히 살폈다. 비록 몸은 힘들고 여유시간도 없었지만 어쩌면 내 인생에 있어 자신에게 가장 치열했고, 스스로를 한계까지 채찍질한 기간이었다고 생각한다.

어쩌면 내 생에 있어 가장 열심히 노력했던 시기, 나는 정신일도하사불성精神一到何事不成이라는 말의 참다운 의미를 깨달을 수 있었다.

그리고 5년이 지난 1996년 입학생 중 최초로 나는 그토록 바라던 박사 학위를 취득했다. 내가 좋아했고 또 내게 기회를 준 스포츠에 대한 보다 깊은 공부를 하여 학위를 취득했다는 사실도 기뻤지만, 축구선수 시절부터 가졌던 내 꿈을 펼칠 기회를 얻었다는 기쁨이 더 컸다.

논문을 준비하며 의외의 소득도 얻었다. 논문을 쓰기 위해서는 우리나라 5대 그룹인 대우·삼성·현대·LG·SK에 대한 자료를 조사해야 했는데, 그 과정에서 스포츠에 관한 내용 외에 각 CEO들의 경영철학을 배우게 된 것이다.

국내 굴지 그룹의 창업자이자 경영자들의 면면과 행적을 살펴보며 나는 기업인으로서 한 단계 더 성장할 수 있었다.

나는 흔한 말로 조용하고
성적도 괜찮은 '범생이'였지만
공부만 하는 책벌레는 아니었다.

스포츠맨에게 키와 체격은
무척이나 중요하다.
그런데 나는 과거에는 없던 약점이
생기고 말았으니, 바로 성장판이
일찍 닫혀 축구선수로는 그다지
크지 않은 편이 되었다.
그러나 이 약점을 이기는 방법은
단 한가지, 남보다 열심히 하는
길뿐이었다.

고등학교 3학년

84년 전국체육대회 준우승 후

고교 3학년 시절

83년 경기중

대우자동차 시절

어머니는 전남 곡성 출신으로
독실한 기독교 신자로,
권사직을 맡고 계시다.

아버님 군시절
어머님과 약혼사진
(위부터)

거무내 집에서(왼쪽)

6·25 전쟁으로 광주포병학교에서
7년 동안 군생활을 하신 아버지는
조용하지만 늘 웃음 띤 얼굴로 지내시는
'마냥 사람 좋은 분'이셨다.

대학 졸업식장에서

Chapter **2**

쉐보레에서
배운
창의와
열정

"좋은 회사를 만들기 위해 경영자는 자신의 '꿈'을 이야기하고,
그 꿈 위에 사원은 자신의 '꿈'을 쌓아올린다."

— 아오키 마사나오青木正直

그룹 CEO는
철학이 다르다

제가 많은 사람들에게 가장 자주 듣는 얘기 중 하나는 사업가가 되고 싶어 한다는 겁니다. 그러면 저는 묻습니다.

"훌륭하군요. 그렇다면 당신의 아이디어는 어떤 건가요?"

그러면 그들은 아직 하나도 가지지 못했다고 말하지요. 나는 이렇게 충고합니다.

"아무래도 당신은 조수 자리를 먼저 구하고 나서 당신이 정말로 모든 열정을 다 바칠 수 있는 아이디어를 찾으시는 게 좋을 겁니다. 왜냐하면 일을 하는 데는 열정이 매우 중요하기 때문입니다.

성공한 사업가와 그렇지 못한 사업가의 차이는 참을성에 있습니다. 그런 만큼 당신은 당신의 모든 것을 사업에 헌신해야 합니다.

사업을 하다 보면 무척 힘든 시간이 있고, 대부분의 사람들은 그때

포기합니다. 나는 그들을 비난하지 않아요. 그것은 정말로 힘든 일이고 당신의 삶을 다 소모시켜 버리거든요.

만약에 당신이 가족이 있는 상태에서 사업을 시작했다면 어떻게 그것을 감당할 수 있을지 모르겠습니다. 왜냐하면 하루에 18시간을 일하고, 일주일에 7일을 일해야 하기 때문입니다.

하지만 당신이 열정을 가지고 있지 않다면 당신은 살아남을 수 없습니다. 당신은 곧 포기하고 말 것입니다. 당신이 열정을 쏟아 부을 수 있는 아이디어나 무엇인가를 바로잡고 싶은 문제들을 가지고 있어야 합니다. 그렇지 않다면 끈기 있게 매달릴 수 없습니다. 여기서부터 승부의 반이 결정됩니다."

미국 컴퓨터계의 기린아 스티븐 잡스Steven Paul Jobs(1955~2011)가 1995년 컴퓨터월드 스미스소니언 시상식에서 한 말이다.

'열정을 가지고 있지 않다면 살아남을 수 없다'는 스티븐 잡스의 말처럼 나는 열심히 생활했고, 1997년 과장 3년 만에 차장으로 특진했다. 동기들보다는 빠른 고속 승진이었다.

직위가 높아지면서 책임과 의무도 많아졌고, 나도 그에 걸맞은 능력을 갖추어야 했다. 축구선수로서 살았던 인생 제1막을 마치고, 이제부터는 기업인으로서 제2의 인생을 시작해야 했다.

그저 월급만 받는다고 기업인이 아니다. 전문 비즈니스맨으로서 능력을 갖추자면 부단한 노력이 필요하다. 어쩌면 스포츠보다 치열하다고 할 수 있는 경쟁에서 도태되지 않으려면.

미국 스포츠아카데미의 교육학 박사학위의 논문 주제인 『한국 5대 기업의 스포츠 프로그램에 관한 비교 연구』를 준비하면서 가장 먼저 한국 5대 기업 대우·삼성·현대·LG·SK의 스포츠단과 마케팅 전략을 분석했고, 그 후에도 계속된 대기업과 CEO에 대한 관심은 그들의 경영철학을 분석하는 것으로 이어져 큰 도움이 되었다.

세계는 넓고 할 일은 많다

1967년 대우실업을 창업하여 재계 자산순위 2위의 대우그룹으로 키웠던 김우중金宇中(1936~) 회장은 '세계경영의 전도사'로 불린다. 적극적인 해외투자와 수출 지상주의를 강조하며 1998년 말에는 해외법인만 400여 개를 만드는 놀라운 저력을 발휘했다.

어릴 적부터 고생을 많이 한 김우중 회장은 남다른 근면성과 체력으로 '안 되는 것은 되게 하라'는 신념을 가지게 되었다고 한다.

대우실업 창업 직후 샘플 원단을 들고 동남아에서 일주일 만에 30만 달러를 수주하는 등 영세무역상으로서는 경이적인 기록을 달성한 것만 보아도 그의 신념을 알 수 있다.

김우중 회장은 정말 열심히 일했다. 늘 새벽에 나가서 통금 때가 되어서 귀가했다. 결혼을 하고 신혼여행을 다녀온 지 10일 만에 해외 출장을 떠났고, 공항에 도착하여 집에 들르지도 않고 사무실로 직행하기 일쑤였다.

당시 김 회장의 집무실에는 다리미가 있었는데, 밤새워 일하고 아침에 깔끔한 모습으로 바이어를 만나러 가기 위해서였다고 한다.

1989년 대우조선이 파산 위기에 직면하자, 그는 거제도 사무실에 야전침대를 놓고 2년 가까이를 생활하며 애쓴 결과, 사업을 본 궤도에 올려놓았다.

김우중 회장은 또한 '세계경영'을 위해 해외지역 사업추진위원회를 구성하는 등 범세계적으로 경영거점을 확보하는 전략을 세우고 이를 적극 실행해 나갔다.

당시 김우중 회장은 1년에 200일 이상을 해외에서 보냈다. 이처럼 공격적인 해외투자로 1993년 150개였던 해외거점은, 1998년 말에는 해외법인 396개를 포함하여 589개로 급증하였다. 그 가운데는 GM과 입찰 경쟁 끝에 폴란드 최대의 자동차회사 FSO를 인수해 정상화시킨 사례도 있다.

1997년 외환위기 이후 그룹이 해체되는 비운을 맞았지만 그는 세계경영을 모토로 중앙아시아, 동구권 등의 시장을 선점하여 칭기즈칸에 빗댄 '킴기즈칸'이란 별명을 얻기도 했으며, 자신의 꿈을 수록한 『세계는 넓고 할 일은 많다』는 저서도 펴냈다.

책의 제목인 '세계는 넓고 할 일은 많다'는 1991년 하바로브스크Xa-баровск에서 개최된 '동북아지역개발 국제 심포지엄'에서 발표한 김 회장의 연설문에 있는 말로, 소련이 해체되고 15개 국가로 분리될 때 이들과 가장 먼저 교역을 시작하기까지의 일화에서 비롯된 것이라고 한다.

호부虎父 밑에 견자犬者 없다

1950년대에 이미 제일제당과 제일모직을 설립한 이병철李秉喆 (1910~1987) 회장은, 1969년 중대한 결정을 내린다. 삼성전자를 세우기로 한 것이다.

중소전자업체들이 거세게 반발했다. '삼성이 중소전자산업에 진출하면 안 된다'며 신문에 광고를 내기도 했다. 하지만 이 회장은 '미래를 위해서는 제일제당과 제일모직만으로는 안 되고, 전자산업에 승부를 걸어야 한다'며 이들의 반대를 정면으로 돌파했다.

1983년 반도체 산업에의 진출은 성공 확률이 극히 낮았다. 삼성 직원들조차 "반도체사업을 시작하면 회사는 망한다. 일본의 벽을 넘을 수 없기 때문이다"라며 반대했고, 일본도 "한국은 절대로 우리의 기술력을 뛰어넘을 수 없다"며 비아냥거렸다. 반도체 공장을 건설하는 현장인력도 공사를 하는 척만 했다. 잘못된 결정을 따를 수 없다는 것이었다.

하지만 이병철 회장은 달랐다. "일본이 만드는 반도체를 우리가 왜 만들 수 없는가? 당연히 할 수 있다"는 자신감과 과감한 결정으로 밀어붙였다. 그리고 오늘날 삼성전자는 우리나라 예산보다 많은 연매출 200조 원을 기록하는 초일류 기업이 되었다.

『올인코리아』의 조영환 편집인은 완벽추구 경영, 인재중시 경영, 홍익인간弘益人間 경영, 공존공영共存共榮 경영, 합리주의 경영, 도전과 개척의 경영, 혼魂을 담은 경영, 민족주의 경영, 장인정신匠人精神 경영, 세계를 향한 경영 등의 덕목을 이병철의 경영철학 10계로 꼽았다.

그의 이러한 신념과 철학은 그룹을 이은 이건희 회장에게 고스란히 전해진다.

『1995년 3월 9일 오전 10시경, 삼성전자 구미사업장. 흐린 날씨임에도 2천여 명의 직원들이 운동장에 모여 있었다. 그들은 모두 머리에 '품질 확보'라고 쓰인 띠를 두르고 있었다.

직원들 앞에는 '품질은 나의 인격이요, 자존심!' 이라는 현수막이 걸려 있고, 임원 모두는 굳은 표정이었다. 놀라운 것은 운동장 중앙에 무선전화기를 포함해 키폰, 팩시밀리, 휴대폰 등 15만 대의 제품이 산더미처럼 쌓여 있다는 사실이다.

갑자기 직원 몇몇이 손에 든 해머로 이 기기들을 내리치기 시작했다.

퍽-! 퍼퍽-!

돈으로 치면 무려 5백억 원에 해당하는 비싼 기기들이 순식간에 쓸모없는 플라스틱 조각으로 변했고, 이를 바라보는 직원들의 눈빛에는 참담함이 서렸다. 부서진 기기 조각들은 다시 시뻘건 불 속으로 던져졌다. 엄청난 비용을 들이고 노력과 정성을 담아 헤아릴 수 없이 많은 공정을 거친 제품들이 한 줄기 연기로 변하고 만 것이다.

'불량제품 화형식'. 질 경영에 대한 이건희 회장의 강력한 의지를 보인 중차대한 사건이 아닐 수 없다. 그룹 전 직원들에게 긴장감을 불어넣기 위한 극약처방인 셈이었다.』

이건희李健熙(1942~) 회장은 설을 맞아 휴대폰 2천여 대를 임직원들에게 선물했다. 그러나 얼마가 지나 현명관 당시 비서실장으로부터 '휴대폰을 사용해 본 임직원들의 불만이 많다'는 보고를 받자 "휴대폰 품질이 고작 그 정도인가? 고객이 두렵지도 않나. 돈 받고 불량품을 팔다니?"라며 대로大怒했다.

휴대폰에 대한 애정과 신뢰가 남달랐기에 이건희 회장은 화를 내지 않을 수 없었던 것이다. 반도체에 이어 휴대폰이 삼성의 미래를 책임질 사업이라 여겼던 터라 실망은 더욱 컸다.

이 회장은 극약처방을 하기로 결정을 내렸다. 휴대폰과 관련된 모든 제품을 회수해서 공장 사람들이 보는 앞에서 태우라고 한 것이다.

이 회장의 지시에 따라, 생산라인이 멈추었고 영업부 직원들은 재고품은 물론 서비스센터를 통해 이미 판매된 제품까지 수거하기 시작했다. 당시 삼성전자가 자발적으로 리콜한 제품은 10만 대가 넘었으며, 가격으로는 5백억 원에 달했다.

휴대폰 화형식은 불량품을 제물로 삼아 도약의 발판을 마련하기 위한 통과의례였고, 새로운 역사의 시작이기도 했다. 이렇게 잿더미에서 다시 시작된 휴대폰 사업이 오늘날 삼성을 초일류기업으로 이끈 견인차 역할을 했다고 해도 과언은 아닐 것이다.

화형식 이후 7년 반이 지난 2002년, 삼성 휴대폰은 4,300만 대 이상이 팔렸고, 세계시장 점유율 3위를 기록했다. 그리고 당시 삼성전자 총이익의 5.3퍼센트에 이를 정도로 엄청난 규모였던 불속으로 사라진 5백억 원은 7년 반이 지나 60배에 달하는 3조 원으로 되돌아왔다.

더욱이 2010년에 들어 스마트폰 시대가 열림에 따라 삼성의 갤럭시는 4억 2천 5백 대 규모의 세계시장의 23.6퍼센트를 차지하고 있으며, 스마트폰 시장에서는 무려 30.8퍼센트를 기록하며 2위 애플과의 격차를 12.6퍼센트로 벌렸다.

'호부虎父 밑에 견자犬者 없다'는 말처럼, 부친으로부터 완벽추구 경영을 배운 이건희 회장은 소탐대실小貪大失, 작은 것을 탐내다가 큰 것을 잃는다는 옛말을 되새겨, 엄청난 손해를 감수하면서 살을 깎는 고통을 이겨내고 세계시장을 석권한 것이다.

이건희 회장은 또한 목계木鷄의 경영철학을 배운 것으로도 유명하다.

목계는 『장자莊子』 달생達生 편에 나오는 이야기로, 마치 나무로 만든 닭처럼 자신의 감정을 완전히 통제하여 광채나 매서운 눈초리를 보여주지 않더라도 상대방이 쉽게 근접할 수 없는 카리스마를 발휘한다는 것이다.

어느 왕이 투계鬪鷄를 몹시 즐겨 훌륭한 혈통의 싸움닭을 최고의 사육사인 기성자記性子에게 맡기며 "이 닭을 최고의 투계로 만들도록 하라"고 명했다.

열흘이 지난 뒤 왕이 닭이 싸울 만하냐고 묻자, 기성자가 "아닙니다. 아직 멀었습니다. 강하긴 하나 교만하여 아직 자신이 최고인 줄 알고 있습니다. 교만을 떨치지 않는 한 최고의 투계라 할 수 없습니다"라고 답했다.

다시 열흘이 지나 왕이 묻자 기성자는 "닭이 교만함은 버렸으나 상대방의 소리와 그림자에도 너무 쉽게 반응합니다. 태산처럼 움직이지 않는 진중함이 있어야 최고라 할 수 있습니다. 좀 더 훈련을 시켜야 합니다"라고 했다.

그리고 또 열흘이 지난 뒤 왕이 다시 묻자, 기성자는 "조급함은 버렸으나 상대방을 노려보는 눈초리가 너무 공격적입니다. 그 공격적인 눈초리를 버려야 합니다"라고 답했다.

또 열흘이 지나서 왕이 묻자 기성자가 "이제 된 것 같습니다. 상대방이 소리를 질러도 아무 반응을 보이지 않고 완전히 마음의 평정을 찾았습니다. 나무로 만든 닭木鷄처럼 되어 덕이 완전해졌기에 이제 다른 닭들은 그 모습만 봐도 도망갈 것입니다"라고 답했다.

최고의 투계인 목계의 조건은 교만함을 버리고, 남의 소리나 위협에 쉽게 반응하지 않으며, 상대에 대한 공격성을 버리는 것이라 할 수 있다. 인간으로 말하면 완전한 자아를 이루고 평정심에 다다른 상태인 것이다.

나무로 만든 닭처럼 평정을 유지하고 있으므로 남들이 쉽게 도발하지 못하며, 겸손과 여유로 주변을 편하게 만드는 힘을 가지게 된다.

이건희 회장은 이 같은 목계 사상을 바탕으로 미국의 심리학자 아브라함 해롤드 매슬로우Abraham Harold Maslow(1908~1970)가 주장한 변혁적 리더십을 강조하여 삼성을 세계 초일류기업으로 만들고자 노력을 경주하고 있다.

불도저의 뚝심과 바위를 녹이는 열정으로

현대그룹의 정주영鄭周永(1915~2001) 명예회장이 남긴 한마디 "어이, 해봤어?"는 그의 경영철학의 핵심이다.

1984년 충남 서산 간척지 공사를 맡은 현대건설은 거센 물살 때문에 최종 물막이에 어려움을 겪었다. 아무리 많은 돌과 흙을 퍼부어도 거센 물살에 휩쓸려 가버렸기 때문이다. 현장을 방문한 정주영 회장은 고철로 분해하기 위해 정박해 있던 스웨덴 폐선을 보고 "저 배를 가라앉혀 물길을 막아 보도록 하게"라고 지시했다.

그 유명한 '정주영 공법'이 탄생하는 순간이었다. 폐선廢船을 이용한 물막이 공사라니. 누가 상상이나 할 수 있었을까? 정주영 회장의 아이디어로 현대건설은 공사기간을 45개월에서 9개월로 줄였고, 공사비용도 280억 원이나 절감할 수 있었다.

'어이, 해봤어?'가 약간 변형된 '물론 해봤지!'는 후일 현대조선소 건립의 매직워드Magic Word가 된다.

현대가 조선소 건립을 위해 외국은행에서 차관을 하려 할 때, "배를 만든 경험도 없는 국가가 조선소를 건립한다면 해외에서 누가 믿고 돈을 빌려주겠어?"라며 사람들은 손가락질을 했다.

하지만 정주영 회장은 공사조차 시작되지 않은 조선소 부지 지도와 어디선가 빌린 유조선 도면 한 장만 들고 그리스 선엔터프라이즈Sun Enterprise사의 조지 리바노스George S. Livanos(1934~)를 찾아가 "우리가 당신 배를 만들겠소. 그러면 구매하시오"라고 했다.

리바노스는 "당신의 나라에는 조선소도 없고 또 유조선을 만들어 본 경험도 없는데 어떻게 믿고 일을 맡기나요?"라고 반문했다.

그러자 정주영 회장은 충무공과 거북선이 그려진 구舊 오백 원 지폐를 꺼내 보이며 "무슨 소리를! 우리나라는 500년 전에 이미 거북선이라는 무적의 함선을 만들었소. 역사가 증명하고 있듯 우리는 배를 만드는 데는 최고의 기술을 가진 민족이오"라고 응수했다.

기인奇人은 기인만이 알아본다고 하지 않던가. 리바노스는 그 자리에서 계약서를 작성했고, 영국 수출보증국은 이를 근거로 은행단에게 현대그룹에 돈을 빌려줘도 좋다는 보증을 서주었다고 한다.

현대의 정주영 회장이 불도저 같은 스타일이었다면, LG의 창업자 구인회具仁會(1907~1969) 회장은 블루오션Blue Ocean을 개척한 모험가라 할 수 있다.

구 회장은 "남들이 생각지 못한 것을 하라. 그리고 돌다리만 두드리지 말라. 그 사이에 남들은 결승점에 가 있을 테니까"라고 강조했다.

그는 또한 "기업은 사람이 사람을 위해서 하는 활동이다. 기업을 하는 데는 내부의 인화가 무엇보다 앞서야 한다. 인화로 단결하면 무엇인들 불가능하겠는가. 만사가 모두 잘되더라도 인화가 깨지면 결국 망하게 되는 것이 세상의 도리이다"라며 인화를 강조했는데, 그의 신념은 구가具家와 허가許家의 세대를 초월한 화합에서도 증명된다.

LG 창립부터 2005년 LG와 GS가 분리되기까지 3대에 걸친 양가의 동업은 '헤어지더라도 적을 만들지 말라'는 그의 가르침에 대한 실천으로, 재계는 물론 사회의 귀감이 되고 있다.

구 회장은 또한 인연을 소중히 하는 것으로도 유명하다.

"세상에 우연은 없다. 한 번 맺은 인연을 소중히 하라. 좋은 만남이 좋은 운을 만든다. 좋은 인연을 소중히 하라. 그리고 한 번 믿으면 모든 일을 맡겨라. 책임을 지면 사람은 최선을 다하도록 되어 있다."

이밖에도 일찍이 글로벌라이제이션Globalization에 눈을 떠서 창업 25년 만에 41개의 계열사, 2만5천여 명의 직원을 거느리며, 연간 매출액 45조 원의 에너지화학·정보통신 그룹으로 키워낸 SK 최종현崔鍾賢(1929~1998) 회장도 재계의 기린아라고 할 수 있다.

그는 "나라가 무덤으로 덮여가는 것은 좁은 국토의 효율적 이용 측면에서 심각한 문제다. 내가 죽으면 시신을 화장하고, 화장시설을 지어 사회에 기부하라"는 색다른 유언을 남겼다니 참으로 시대를 앞서가는 생각을 지녔다고 할 수 있을 것이다.

흔히 위인전을 읽거나 또는 훌륭한 업적을 이룬 선현先賢들의 일화를 듣게 되면 '과연 그 같은 상황에서 나도 그처럼 행동할 수 있을까?'라는 생각을 하게 된다.

나 역시 그룹 CEO들의 행적과 얽힌 이야기를 조사하면서 '어떤 형태로든 역사에 족적足跡을 남긴 이들은 뭐가 달라도 다르구나'라는 생각을 했다. 평범한 사람으로서는 꿈도 꾸지 못할 혜안慧眼과 과단성이 놀랍고 부러울 뿐이었다.

앞서 거론한 국내 그룹의 경영자들은 모두가 훌륭한 분이지만 내 개인적으로는 '세계경영'을 부르짖은 김우중 회장의 선지적先知的 능력과 '불도저의 뚝심과 바위도 녹이는 열정'으로 현대를 일궈낸 정주영 회장의 경영 방식이 특히 마음에 와 닿았다.

비록 내가 그들만큼 되기는 쉽지 않겠지만 비슷하게나마 되어 보고자는 마음을 먹었다. 꿈은 높고 크게 가져야 하는 법이니까.

회사의
워크아웃과 부도

　　1997년부터 현장노무관리를 전담하는 협력팀장을 맡았고, 1998년부터는 전반적인 현장관리를 담당하는 공장관리팀장을 맡았다. 그러던 중 조립2부가 내부적인 어려움을 겪어 조립2부 부서장으로 옮기게 되었다. 자동차 생산의 꽃은 조립부라고 하지만 가장 방대한 인원과, 라인작업 특성 등으로 관리가 가장 어려운 부서이기도 하다. 그러나 사람 좋아하고 신뢰와 소통을 강조하는 나는 곧 부서 사람들과 허물없이 어울리며 오히려 즐거운 시간들을 보낼 수 있었다.

　　그 동안 아이 둘이 태어났고, 아내는 여전히 인천의 학교에서 근무하고 있었다. 내게는 정열을 쏟을 수 있는 일터가 있고, 일을 마치고 돌아가면 아내와 아이들이 반겨 주니 더 없이 행복했다.

　　하지만 그 행복은 오래 가지 못했다. 1999년 8월 26일, 대우자동차가 워크아웃 사업장이 되고 만 것이다.

  통상적으로 워크아웃 상태의 기업은 채권단과 협의하여 재무구조를 개선하고 경쟁력을 강화하는 일련의 구조조정 과정을 거친다.

  하지만 정부가 해외매각 쪽에 무게를 두자 자금 지원은 약속한 대로 이뤄지지 않았고 적기適期마저 놓쳐 오히려 워크아웃 기간 동안 추가부실이 증가되었다. 이로 인한 연구개발 중단으로 심혈을 기울여 온 '매그너스Magnus'도 신차 출시의 이점마저 놓치고 말았다.

  따라서 회사가 작성한 자구계획안自救計劃案은 휴지조각이 되어버렸고, 대우자동차는 해외매각을 위해 '선先 구조조정, 후後 매각' 또는 '선인수 후정산'이라는 극약처방을 해야 할 지경에 이르렀다.

  더욱이 가장 유력한 후보였던 포드Ford가 인수를 포기하면서, 2차 후보였던 GM과의 협상을 위해서는 노사가 합의하여 서명한 '고용보장협약'은 반드시 철회되어야 하는 입장이었다.

  회사 분위기는 한마디로 '최악最惡'이었다. 간부들은 날마다 대책회의를 했고, 직원들은 삼삼오오 짝을 지어 심각한 표정으로 이야기를 나누고 있었다. 가끔씩은 고성高聲도 터져 나왔다.

  물론 사태는 어느 정도 예견된 것이었다. IMF 때인 1998년부터 외환위기로 인해 회사 재무구조가 악화되었고, 경영난으로 그룹 해체 및 구조조정이 있었다. 이에 채권단은 대우의 해외매각을 추진한다고 아우성쳤고, 노조는 국부유출이라며 극렬하게 투쟁을 벌였다,

그럼에도 정부는 갈피를 잡지 못한 채 우왕좌왕하고 있었으니, 분위기가 좋을 리 없었다. 현장을 둘러보는 내 발걸음도 예전같지는 않았다.

조금 앞선 이야기지만, 냉정히 보자면 대우자동차 사태는 회사나 국가 모두에게 책임이 있다고 하겠다. 과연 어느 쪽의 잘못이 더 큰가에 대한 판단은 역사에 맡겨야 하지만, 대우자동차 직원이었던 김대호의 말을 요약하여 인용하면 다음과 같다.

"대우는 망했지만 김우중 패러다임과 거의 똑같은 제품과 시장을 아는 경영리더십 경시輕視라는 우리 기업 전반의 핵심 문제에 대한 반성은 거의 보이지 않는 듯하다. 단적으로, 워크아웃 기업의 경영진 선임을 놓고 금융권이나 정치권에서 치열하게 고민하는 것은 그 제품을 가장 잘 알고 그 회사를 가장 잘 경영할 사람이 누구인가가 아니지 않은가?

말단 실무자들의 눈에는 제품과 시장에 맞지 않는 경영이야말로 IMF 위기의 근본 원인이었음에도 불구하고 구조조정 과정에서는 여간해서 개혁이 안 되는 분야로 남아 있는 것이다.

부채 축소, 투명경영, 문어발식 확장경영 철폐도 필요하지만, 구조조정의 핵심은 제품과 시장을 아는 경영인을 바로 세워 기업 구성원들의 창의와 열정을 최고도로 발휘하게 하는 것, 바로 그것이라는 말이다.

대우자동차는 재벌세습으로부터 해방되어 정부, 채권단의 결정에 따라 마음만 먹으면 한국 최고의 리더십을 세울 수 있는 조건이 갖춰져 있다. 그것은 직원들이 이렇게 망가진 대우자동차에 대한 미련을 버리지 못하는 또 하나의 이유가 되고 있다. "

또한 대우자동차 노조가 발행한 백서에는 다음과 같은 내용이 실려 있다.

"엄청난 부채를 안게 된 대우자동차는 워크아웃 상태가 되고, 정부는 해외매각을 추진한다. 그러나 노동조합은 엄청난 산업연관효과와 고용효과를 가진 자동차 산업을 해외매각할 경우 한국 자동차산업이 몰락할 우려가 있고, 국민의 빚을 탕감하여 해외자본가에게 헐값으로 특혜를 줄 우려가 있으며, 고용불안의 우려가 있다고 반대하였다.

노조의 대안은 공기업화를 통해 대우자동차를 정상화하고 난 이후에 매각 여부는 고민해보자는 것이었다. 그러나 정부는 해외매각을 위해 1차적으로 포드에게 우선 협상권을 주었으나 ,포드는 갑자기 발생한 타이어 분쟁으로 인수를 포기하고 GM이 제2의 인수자로 나섰다.

이 과정에서 정부와 채권단은 노조에 '구조조정 동의서'를 제출할 것을 요구하며 생산규모를 축소하고 6천 명이 넘는 인력을 감축할 것을 요구했다.

있는 그대로
받아들여라

일촉즉발—觸即發의 위험한 상태가 지속되던 어느 날, 학창 시절 운동권이었던 후배 직원 몇 명이 찾아와 저녁식사를 함께 하게 되었다. 그들은 내게 요즘 회사 분위기를 거론하면서 노무 관리 업무를 지금 다시 해볼 생각이 있는지 물었다.

나는 "지금은 찬밥 더운 밥 가릴 때가 아니니 회사가 사는 일이라면 어떤 일이든지 열심히 하는 길밖에 없다"고 했다. 후배는 말없이 고개를 끄덕였는데, 그 순간 내가 스스로의 운명을 결정지었다는 사실은 까맣게 모르고 있었다.

며칠이 지났다. 당시 나와 친분이 있는 임원이 전화를 해 회사 근처의 식당으로 즉시 오라는 것이었다.

마침 현장 감독자들과 저녁을 하던 중이어서 나는 급히 식사를 마치고 달려갔다.

그런데 약속 장소의 문을 열고 들어서자 자리를 함께 한 많은 임원들로부터 우레와 같은 박수가 터져 나왔다. 순간 당황스럽기도 했지만, 뭔가 어둠속으로 빨려 들어가는 듯한 막연한 불안감이 엄습했다.

얼마 전 최종 부도 통고를 받았으니 회사가 법정관리에 들어가는 것은 당연했다. 그리고 나면 수순은 매각이다. 나 역시 현대, GM 그리고 포드Ford가 관심을 보인다는 이야기도 들었다.

누가 인수를 하더라도 구조조정은 필수였기에 이미 핵심 중역진들이 경영회의에서 나를 노사협력부장으로 내정한 것이었다. 박수는 응원과 기대와 일종의 위로(?) 같은 것이었을 것이다.

그 동안 현장에 적응하고 직원들에게도 막 정을 붙이고 있었는데, 회사와 노조의 대립이 가장 심할 때에 가장 민감한 업무를 맡게 된 것이다.

아니나 다를까. 얼마 지나 '정리해고를 할 수도 있으니 대상자 명단을 작성하라'는 지시가 내려왔다. 샐러리맨으로서 회사의 방침을 따르는 것은 당연하지만 내 손으로 남는 자와 떠나는 자를 갈라야 하다니 부담이 엄청날 수밖에 없었다. 게다가 짧지 않은 세월 동안 늘 얼굴을 맞대고 현장에서 일하던 직원들에게 사형선고나 다름없는 해고 사실을 알려야 하고.

노조도 이러한 움직임을 모를 리 없었다. 평소에도 그다지 원만하지 못했던 관리직과 현장 근무자들의 사이는 더더욱 멀어져, 마치 가해자와 피해자로 나뉜 것 같았다. 하지만 합리적인 생각을 가진 일부 직원들은 이미 결과를 예측하고 있었다.

앞으로의 전개는 누구라도 알 수 있는 만큼 회사는 마찰을 최소화해야 했고, 노조는 희생에 따른 대가를 치러야 했기 때문이다.

이처럼 삭막한 분위기 속에서 내게도 당연히 이러저러한 청탁이 들어왔고, 때로는 협박이나 다름없는 말을 듣기도 했다.

'아무리 내가 총대를 메었다지만… 정신 똑바로 차리지 않으면 큰일 나겠군.'

나는 마음을 굳게 먹고 그 동안 눈여겨 보아 둔 젊은 직원 몇을 차출했다. 그리고 그들에게 모처의 여관을 잡아 주고 정리해고자 명단을 작성하도록 했다.

소위 별동대인 셈인데, 무엇보다 이들의 안전을 보장해야 했다. 노조측에 알려지면 어떤 일이 생길지 모르기 때문이다. 그들 역시 물리적인 위협을 받을 수도 있고, 모종의 청탁을 받을 수도 있으니까.

"어려운 일이겠지만 회사의 사활死活이 달렸으니 빠른 시일 내에 작업을 해주게. 선별작업은 사규에 따른 기준에서 추호의 오차도 있으면 안 되네. 사적인 감정은 일체 배제하고 임하도록."

이런 와중에도 나는 강성인 노조원들과 대화를 계속했다. 사측의 입장을 알리는 한편 그들이 받을 상처를 최소화하기 위하여.

며칠 후, 정리해고자 명단이 완성되었다. 출력된 직원 명단을 보니, 이름만 보아도 현장에서 근무하는 모습이 떠올랐다. 이제 이들의 해고 소식을 전해야 하는 것이다.

제갈공명이 군율軍律의 엄중함을 세우고자 휘하의 장수 마속을 처형하고 눈물을 흘렸다는 읍참마속泣斬馬謖과도 같은 마음이었다.

응용심리학의 아버지라 불리는 윌리엄 제임스William James(1842~1910) 교수는 불행을 극복하기 위해서는 "모든 일을 있는 그대로 기꺼이 받아들여라. 일단 일어난 사실을 받아들인다는 것은 불행의 결과를 이길 수 있는 첫걸음이다"라고 주장한다.

중국의 철학자이자 문명비평가 임어당林語堂(1985~1976)도 그의 저서 『생활의 발견』에서 "참다운 마음의 평화는 최악의 사태를 감수하는 데서 얻어지며, 이는 심리학적으로 에너지의 해방을 의미한다"고 강조했다.

맞는 말이었다. 일단 최악의 상황을 받아들이면, 그 이상 나쁜 사태는 일어나지 않는다. 다시 말해서 바닥을 치고 나면 상황은 전보다 나아질 수 있다는 말이다.

'그래, 누가 해도 할 일. 기왕이면 그래도 현장을 잘 알고 직원들과 신뢰가 있는 내가 총대를 메는 것이 나을 거야.'

2001년 2월 16일. 나는 대상자들에게 정리해고 소식을 전하는 한편, 면담 요청을 하거나 내 판단으로 설득을 해야 할 사람들을 개별적으로 만나기 시작했다.

"자기 혼자만 잘 먹고 잘 살려 하는구나. 그래 얼마나 잘사는지 보자"라거나 "어제까지는 친한 척하더니 이제 정체를 드러내고 등을 돌리는군"하며 거세게 반발하는 직원들도 있었다. 살벌한 분위기만큼이나 사람들의 심성은 독해져 있었기에 험한 말이 쏟아져 나왔다.

하지만 나는 "예수께서 그들에게 말씀하시기를, 너희가 믿지 않기 때문이라. 진실로 내가 너희에게 말하노니 너희에게 겨자씨 한 알만한 믿음이 있다면, 너희가 이 산에게 말하여 '여기서 저리로 옮겨져라' 하면 옮겨질 것이요, 또 너희에게 불가능한 일이 전혀 없을 것이니라"라는 마태복음 17장의 말을 떠올리며 스스로를 다독였다.

나는 두려움을 떨치고 비교적 강성인 노조원들을 한 사람씩 만나 법적인 부분과 감성적인 부분을 포괄하여 차분히 설득을 했다. 이러한 나의 태도와 성의 있는 설득에 굳게 닫혔던 그들의 마음도 조금씩 열리기 시작했다. 물론 그동안 현장에서 함께 근무하며 쌓은 신뢰도 한몫했을 것이다.

간혹 거칠게 나오는 경우도 없지는 않았다. 하지만 그보다 마음 아픈 것은 어쩔 수 없는 우리의 현실이었다.

"참으로 고맙습니다. 별다른 기술도 없는 저를 채용해 주었고 적지 않은 월급도 주었습니다. 저는 크게 공헌한 바도 없고 특별한 기술을 가진 것도 아니니 당연히 나가야겠죠. 능력이 부족하니 할 말도 없습니다. 하지만 집에는 노모가 계시고 하나밖에 없는 딸은 불행히도 장애아입니다. 들어가는 약값도 적지 않은데… 살 길이 막막하네요."

울먹이며 자신의 처지를 설명하는 직원의 어깨를 부여잡고 함께 눈물을 흘려야 했다. 노조원들을 만나고 돌아와서 나는 "하나님! 저들이 회사를 떠나더라도 마음만은 다치지 않게 떠날 수 있도록 해주십시오"라고 기도를 올렸다. 하지만 일은 내 생각처럼 진행되지 않았다.

이튿날 아침 출근하니 공장은 난리가 아니었다. 해고통지를 받은 노조원들이 공장을 점거한 것이다. 당연히 생산라인은 멈추었고, 어떤 사태가 빚어질지 몰라 다른 근로자들을 투입할 수도 없었다.

그러나 이런 식의 점거와 농성이 계속되면, 회사는 심각한 타격을 입을 것이 자명했다. 매각을 통해 새로운 주인을 찾을 수도 없고 남은 사람들과 미래를 도모할 수도 없었다.

남은 길은 단 한 가지. 경찰력 투입뿐이었다.

나는 경찰 관계자의 손을 잡고 "최대한 충돌이 없어야 합니다. 노조원도 경찰도 다치는 사람이 나와서는 절대 안 됩니다"라며 신신당부를 했다.

그러한 과정에서 밀고 당기는 몸싸움은 있었으나, 다행스럽게도 큰 부상을 입은 사람이 없는 것은 정말 하나님의 보우保佑였다고 생각한다.

어쨌거나 공장 점거 사태는 이틀 만에 해결되었지만, 완전히 막을 내린 것은 아니었다. 집행부를 비롯한 강성 노조원 300여 명이 회사 주변 산곡동 성당에 모여 농성을 계속했다.

그들은 또한 정문 근처로 몰려와 다른 근로자들의 출근을 방해하거나 또는 은밀히 공장 진입을 시도하려 했다. 몇 안 되는 관리직원이나 경비원만으로는 도저히 감당할 수 없었다.

그러나 궁즉통窮卽通이라고, 하늘이 무너져도 솟아날 구멍이 있는 법이다. 나는 공장 정문 경비를 엄중히 하는 한편, 근로자는 모두 통근버스만을 이용하여 출입하도록 했다.

내 아이디어는 제대로 먹혔다. 강성 노조원들이 사람은 막을 수 있지만 버스는 막지 못한 것이다. 때문에 사태는 비교적 탈 없이 마무리되었고, 생산라인도 별다른 차질 없이 가동될 수 있었다.

하지만 내 마음은 결코 편하지 않았다. 근로자들과 현장에서 고락을 함께 하며 지냈기에 누구보다 그들의 사정과 아픔을 잘 알고 있다고 자부하던 내가 그들에게 정리해고 소식을 알린 장본인이라는 사실이 뇌리에서 떠나지 않은 때문이었다.

물론 회사의 명령에 따른 것이었고, 업무 처리에 있어서는 나 스스로도 한 점의 부끄러움은 없다. 이른바 총대를 내가 메었기에, 그리고 수많은 노조원들을 만나 설득하고 달랬기에 그래도 피해를 최소화하지 않았는가 하는 생각이 든다.

대우자동차를 인수할 외국 기업 측이 우리 실정을 정확히 알 수 없다는 문제도 있지만 그래도 양쪽 사정을 잘 아는 사람이 중간 역할을 해주어야 사측도 노조 측도 비교적 큰 탈 없이 처리될 것이라는 믿음이 있는 때문이었다.

하지만 우리나라 기업 역사상 한 번에 1,720여 명이라는 엄청난 숫자의 직원이 정리해고된 일은 없었고, 아마 앞으로도 없을 것이며, 절대 있어서도 안된다.

그들의 비통한 마음은 현장에서 함께 울고 웃던 사람이 아니면 결코 이해하지 못할 것이다.

일련의 사태를 겪으며 나는 새롭게 깨달았다. 아무리 민주적이고 합리적인 조치라도 모든 이를 만족시킬 수는 없다는 것 그리고 희망이 있는 곳에는 반드시 길이 있다는 사실을.

'1,720여 명 정리해고'라는 커다란 상처를 남기고 일련의 사태는 막을 내렸지만 GM이 인수한 후, 가동률이 높아지면서 그 중 300명을 다시 채용했고, 1년 후에 다시 300명을 채용하는 식으로 모두 1,620여 명이 재입사를 했다.

이렇듯 해고된 근로자 대부분이 재입사를 하게 된 것은 경영을 맡은 닉 라일리Nick Reilly 사장의 전폭적인 지지가 있었기 때문이며, 나 역시 미력하나마 일조一助를 했기에 가능했던 일이라 생각한다.

노사협력부장이었던 나는 GM인수단이 방문했을 때부터 닉 라일리 사장과 개인적인 면담을 많이 가졌는데, 그때마다 "자동차산업에는 숙련된 근로자가 필요합니다. 정리해고된 직원들을 다시 채용하는 것이 가장 좋습니다. 그것은 일자리 창출과 지역사회의 경제를 살리는 길이기도 합니다. 경제가 살아나야 자동차도 팔 수 있는 게 아닙니까? 직원들이 복직할 수 있게 해주십시오"라며 도움을 청했다.

닉 라일리 사장은 "회사와 노조 간에 문제가 생긴다면 책임은 대부분 회사에 있다고 볼 수 있습니다. 회사는 대개 20퍼센트의 관리자가 80퍼센트의 근로자를 이끌어가는 형태인데, 관리자는 고급정보를 접할 수 있기 때문에 경제 및 업계 동향을 파악하여 앞으로의 사태를 어느 정도 예견할 수 있거든요. 그런 만큼 노조가 하는 요구의 80퍼센트는 수용해야 원만한 합의가 이루어진다고 생각합니다. 나도 힘껏 돕겠습니다"라며 나를 격려했다.

그 노력의 결과로 많은 인원이 복직을 하게 되었고, 2년 6개월 만에 복직한 어느 직원은 "회사에 다시 돌아오니 마치 가정을 되찾은 것처럼 정신적인 안정감이 생기더군요. 다시 일하게 돼서 정말 기쁩니다"라며 소감을 밝혔다.

돌이켜보면 정리해고는 당사자나 공장에 남은 사람에게도 많은 상처와 아픔을 남겼다. 해고 당사자가 겪는 심적·경제적 고통이야 말로 이루 다 말로 할 수 없지만, 남은 사람들의 불안과 미안함과 안타까움도 결코 가벼운 것이 아니었다.

또한 매일 본인이 출근하여 일하던 공장의 출입문에 와서 복직농성을 하는 해고자들의 몸짓도 눈물겨웠으나, 이들을 다시 공장으로 돌아오게 하자고 동분서주하던 노동조합과 자발적으로 1시간 더 일하기 운동 등을 펼친 남아 있는 직원들의 노력도 눈물겨웠다.

우리나라에서 1,720여 명 정리해고는 부도나 청산 등의 경우를 빼고는 전무후무한 것으로 알고 있다. 새로운 회사로 출범했음에도 불구하고, 복직을 희망하지 않거나 연락이 두절된 몇몇을 빼고는 전원을 복직시킨 사례는 더더욱 없는 것으로 알고 있다.

이는 그저 운이 좋았다거나 일부의 선의에 의한 것은 아니다. 경영상의 어려움이 정리해고를 초래했다면 물량회복과 경영실적 개선을 통해 복직을 가능케 했던 결과라고 보여진다.

여기에 경영자의 성숙된 철학, 내부 구성원들의 노력, 노동조합을 매개로 한 소통이 이러한 성과를 이뤄낸 것이다.

유사한 사례가 S자동차에서도 있었다. 일자리를 잃어버린 S자동차 직원들의 극단적인 선택에 대한 안타까운 소식이 뉴스를 통해 알려지기도 했다. 하지만 우리는 S자동차보다 훨씬 많은 수의 인원을 정리해고 했으면서도 그러한 극단적인 선택을 한 사람이 없었다. 아마도 소통 때문에 그러한 차이가 생겼으리라 생각한다.

상처 입은 해고자들은 출입문 앞에서 몸부림치며 복직투쟁을 했지만, 내부 직원들에게 폭언이나 폭력을 행사하지는 않았다. 대치하다가 쉴 때는 서로 물도 나누어 마시고, 식사 때가 되면 서로 식사를 하기도 했다.

망할 시국을 탓했지 서로를 미워하고 외면하지 않았다. 분노의 분출구가 있었고, 동병상련同病相憐의 동지들이 있었고, 공장 안과 밖에서 서로를 믿었기에 한 줄기 희망이 있었다.

비록 가슴에 달린 로고는 바뀌었지만 우리는 영원한 동료이고, 함께 한 시간은 아름다운 추억으로 남을 것이기에.

GM맨으로
새로운 출발

2002년 10월 GMDaewoo Auto & Technology 대우가 공식 출범을 했고, 이듬해인 2003년 6월에는 정리해고자 재입사를 위한 노사합의 조인식이 있었다. 그 후로 300명씩 순차적으로 재입사가 이루어졌고, 최종적으로 해고된 1,720여 명 가운데 1,620여 명이 다시 일을 할 수 있게 되었다. 이렇게 회사는 점차 안정을 찾았고 공장 라인도 풀가동되었으며 새로운 차종도 연이어 개발되었다.

아직도 해결해야 할 문제가 남아 있긴 했으나 노사관계도 많이 회복되어 서로의 철학과 의지를 담은 절충안이 마련되었다.

GM 대우 노사관계 절충안

① 상대방을 인정하고 존중한다.
노동조합은 넘어야 할 벽이나 극복할 대상이 아니다.
함께 하는 동반자이고, 협조 없이 성공은 없다.

② 열린 마음으로 대화한다.
회사의 상황을 제대로 알아야 경영진을 믿고 따를 수 있다.
노조보다 앞서 요구를 들어주어야 신뢰가 쌓인다.

③ 합리적으로 판단하고 설득시킨다.
부당한 관행 및 부조리는 타파하고 타협하지 않는다.
들어줄 수 있는 것, 해주어야 할 것은 과감히 수용한다.

④ 괴롭더라도 약속은 지킨다.
옳다고 내린 판단은 무리가 있더라도 지킨다.
내가 약속을 지켜야 책임감 있는 상대방을 기대할 수 있다.

⑤ 힘들고 바빠도 함께 한다.
노사체육대회, 김장담그기 등 지역봉사활동, 신년맞이 산행 등

이 같은 과정에서 닉 라일리 GM 대우의 초대 사장은 많은 도움을 주었다. 개인적으로도 내게는 인생 선배이자 기업인의 모범을 보여 준 멘토와도 같은 존재였다.

닉 라일리 사장은 1975년 영국 디트로이트 디젤 앨리슨 사업부에 입사를 시작으로, 1978년부터 1984년까지 GM 벨기에 · 미국 · 멕시코

지사 등지에서 다양한 업무를 수행했다.

영국에서는 복스홀Vauxhall 및 GM의 스즈키 합작사에서 경영 및 생산의 총괄 책임자로 근무하였으며, 이후 스위스의 취리히에 위치한 GM 유럽 지사에서 품질Quality and Reliability 부문의 부사장을 역임했다.

1996년에는 영국 복스홀 회장 겸 대표이사를 역임했고, 2001년에는 GM 유럽 지사에서 판매, 마케팅 및 A/S 부문 부사장을 지냈다. 이어 대우자동차 인수단 단장으로 내한한 그는 2002년 GMDaewoo Auto & Technology이 출범하며 초대 사장을 맡았다.

한국에 부임한 이후, 닉 라일리 사장은 우리 문화를 배우기 위해 부단한 노력을 기울였다. 우리 문화에 적응하기 위해 폭탄주를 배울 정도로 개방적이었으며, 직원들과 격의 없이 지내며 진심을 보였다.

축구 시합도 함께 하는 이른바 '스킨십 리더십'으로 인해 그를 구조조정을 위해 파견한 GM의 하수인 정도로 생각하던 직원들도 마음을 열기 시작했다.

이렇듯 노사가 합심하자 GM 대우는 살아나기 시작했다. 공장은 다시 가동되었고, 몸은 고단하지만 즐거운 마음으로 임한 작업의 결과로 출고대수는 물론 판매대수도 3배 가까이 수직상승했다

닉 라일리 사장은 대우그룹 해체 이후 2002년 극렬한 파업으로 유명했던 GM 대우를 단 한 차례의 노사 분규도 없이 정상화시켰고, 또한 정리해고되었던 생산직 직원 중 재입사를 희망하는 1,620여 명 전원을

복직시키는 중추적인 역할을 했다.

한국이 풀지 못한 극명한 노사 대립을 지속적인 대화와 노력으로 해결하는 모범사례를 보인 것이다.

해고자 복직 기자간담회에서 노조위원장은 "노조에 대한 라일리 사장의 관심이 상생의 바탕이 되었습니다. 회사의 미래를 함께 논의할 파트너로 노조를 인정해 준 것이 협심의 원동력이라 생각합니다"라고 소회를 밝혔다.

회사명을 'GM 대우'라고 한 것도 경영진과 임직원들 간에 의견 교환을 통해서 결정했다. 부도가 난 대우자동차의 이미지를 그대로 이어가는 것보다는 세계적인 인지도를 가진 GM을 내세우는 것이 좋을 것이라는 의견을 수용한 것이었다.

2003년 GM 대우 첫돌을 맞아 닉 라일리 사장은 TV 광고에도 출연하여 서툰 우리말로 '더 좋은 회사로 발전하도록 도와주십시오'라는 멘트도 직접 했으며, 이후 출연한 광고에서는 '우리의 열정으로-!'라고 말한 카피문구가 유행어가 되기도 했다.

그는 전형적인 현장 경영 스타일로 언제나 임직원들과 함께 했다. 장기적인 구상을 발표할 때도 부평과 군산, 창원공장을 직접 찾아가 직원들과 마주 앉아 설명했다. 신뢰 회복에 있어 열 마디 말보다 실천이 중요하다는 것을 실행에 옮긴 것이다.

그의 그런 인식과 행동을 바탕으로 GM 대우는 변하기 시작했고 결과는 해고자 전원 복직과 부평공장의 조기 인수로 나타났다. 뿐만 아니라 GM 대우 출범 3년 만에 자동차 판매가 3배로 급증했다. 순이익도 2005년의 경우 647억 원에 달했다. 판매대수도 2005년 116만 대에서 2006년에는 150만 대로 늘려 잡았다. 이처럼 눈부신 성장으로 'GM이 GM 대우 때문에 버틴다'는 말이 생길 정도였다.

GM의 총수 릭 웨고너Rick Wagoner 회장도 "라일리 사장의 탁월한 경영 능력 발휘에 힘입어 GM 대우는 예상보다 일찍 수익을 창출할 수 있었고, 현재 GM의 글로벌 사업 확장에 핵심 역할을 수행할 수 있게 되었다. 라일리 사장의 리더십과 노력으로 인해 현재 GM 대우의 성공이 가능할 수 있었다"고 치하했다.

닉 라일리 사장 자신도 "GM 대우 전 임직원 및 GM의 지원에 힘입어, GM 대우는 세계에서 가장 급성장하는 자동차 기업으로 자리매김할 수 있었습니다. GM 그룹 내 핵심 기업으로서 GM 대우 제품은 전세계 150여 개 나라에 수출되고 있으며, GM 대우는 대우뿐만 아니라 쉐보레·뷰익·홀덴·스즈키·폰티악과 같은 유수 브랜드를 위한 주요 글로벌 엔지니어링, 디자인, 생산 역량을 제공하고 있습니다"라며 단기간에 이루어낸 성공에 만족을 표시했다.

2006년 7월, 4년의 근무를 마치고 새로운 임지로 부임하기 위해 한국을 떠나는 그를 위해 회사와 노조가 합심하여 마련한 고별식에서 닉 라일리 사장은, "새로 맡게 된 역할이 기대가 되기도 하지만 한국을 떠난다는 사실에 아쉬움을 감출 수가 없다. 지난 4년 동안 한국과 한국의 문화 그리고 이곳 사람들에게 정이 많이 들었다"고 했다.

그는 또한 자신이 GM 대우 대내외적으로 맺은 우정을 결코 잊지 않고, 한국에서의 생활을 생애 최고의 순간으로 기억할 것이며, GM 아시아 태평양 지역본부의 사장이자 GM 대우 이사회 회장으로서 앞으로도 한국을 자주 찾아 대내외적으로 영원한 GM 대우의 든든한 후원자로 남겠다며 아쉬움 가득한 인사말을 했다.

그의 진심 어린 인사말에 대한 답은 고별식을 위해 마련한 플래카드에 쓰인 "아름답게 떠나는 그의 뒷모습. GM 대우는 닉 라일리를 영원히 기억하겠습니다"라는 글귀가 조용히 웅변하고 있었다.

노사협력 부장이었던 나는 GM이 대우를 인수하는 과정 내내 닉 라일리 사장(당시에는 인수단장)과 함께 있었고, 초대 사장으로 취임하고서도 그동안 쌓인 문제를 해결하기 위해 머리를 맞댄 시간이 많았다. 그리고 노사 축구시합을 하며 더욱 친해졌다.

닉 라일리 사장은 GM이 대우자동차를 인수한 후 GM 출신들이 자칫 회사의 지배자가 될 수 있다고 우려했다. 그래서 한국인 임원과 한국인이 아닌 외국인 임원이 한 명씩 팀을 만들어 일하도록 했으며, 영어에 능숙하지 못한 50대 한국인 임원들을 위해 동시통역 서비스까지 제공, 그들의 목소리가 묻히지 않도록 배려했다.

또한 기회가 있을 때마다 한국인 임원들과 대우자동차의 성과에 존경심을 표했으며, 대우자동차가 키워 왔던 기업문화를 유지하기 위해 어떻게 해야 하는지 물어보고 이를 지속시키고자 노력했다.

회식 때는 끝까지 즐겁게 어울리고 마지막에는 함께 해준 사람들에게 꼭 감사하다는 말을 했다.

실리콘밸리에 있는 리더십연구 및 개발센터인 와이즈먼 그룹 Wiseman Group의 회장 리즈 와이즈먼Liz Wiseman은 "한국 기업에도 멀티플라이어가 있느냐?"는 질문에 닉 라일리 GM 대우 초대 사장을 꼽았다.

"한국의 기업은 엄격한 위계질서를 갖고 있으므로 여전히 멀티플라이어형 리더가 조직을 이끌기 힘들다. 하지만 혁신의 필요성이 커지고 글로벌 시장에서 경쟁이 치열해지면서 한국 기업의 리더십 모델도 변해야 하며, 변할 것이다. 닉 라일리 사장은 멀티플라이어로서 이질적인 한국문화에 잘 적응하여 한국계 기업을 성공적으로 이끈 인물이다."

이러한 말처럼 닉 라일리 사장은 탁월한 기업인이고 엄한 상사이면서, 친밀한 형이었으며 또한 격 없는 친구 같기도 했다. 그는 또한 내게 '투명경영'과 '현장감각'을 일깨워 준 스승이기도 하다.

GM 대우를 떠난 그는 GM 아시아 태평양지역 총책임자까지 승진했는데, 최근에 우리나라 대법원에서 파견근로자 보호관련법 위반으로 벌금형을 선고했다고 하니 가슴 아프다.

굴뚝 위의
농성

회사와 노조는 물과 물고기의 관계이면서도 서로 요구하는 바에 있어서는 끝없는 평행선을 달리기도 한다. 요구하는 측과 수용하는 측의 이해가 얽혀 있기 때문이다.

게다가 1990년대 말부터 급격히 번지기 시작한 민주화운동의 영향으로 각 기업의 노조활동은 보다 극렬해졌다. 더욱이 2004~2005년에는 도급직의 숫자가 늘어나면서 이들 스스로가 독자적인 노조를 결성하고 처우 개선을 위한 투쟁을 벌이기도 했다.

이들은 기존 노조와는 탄생 배경과 노선이 다른 뜨거운 감자와도 같은 존재였다. 회사는 물론 노조조차 통제가 불가능했으니까.

이런 도급직들은 정규직 노조와 별개로 노동조합을 설립하고 회사를 상대로 요구사항을 관철하기 위한 극단적인 방법들을 시도하기 시작하였다. 2004년 5월 타워크레인 노조를 시작으로 2005년 6월 H전자회사, 2006년 9월 H자동차 비정규직 조합원들은 철탑, 굴뚝 등에 올라가 농성을 통해 문제를 이슈화하는 행위들이 노동계에서 유행처럼 되어버린 시기였다.

우리 회사에서도 도급업체에 근로하는 직원들 일부가 이런 시도를 한 적이 있다.

자동차 생산 현장에서는 일부 분리된 공정에 대해 도급을 운영한다. 이 도급직들이 자신들의 실제 고용주는 자동차 제조사로 자동차 생산 라인은 인력 파견이 중지된 업종이므로 불법파견임을 주장하며, 정규직으로 채용할 것을 주장한 것이었다.

이를 빌미로 '도급은 불법파견'이라며, 2005년 1월에 근로자 840여 명이 집단으로 진정서를 내어 한바탕 소동을 치르기도 했다.

당연히 공장은 제대로 가동되지 않았고, 이로 인한 막대한 손실이 발생했다. 따라서 창원공장 정상화를 위한 회사의 대책마련이 시급했다.

2006년 3월 22일, 지금은 퇴사한 이영국 사장과 창원 공장의 도급업체 문제에 대한 논의를 하기 위해 창원공장을 방문하였다.

한참 회의를 하는 중인데 한 직원이 급히 달려와 떨리는 음성으로 말했다.

"사장님, 상무님! 큰일 났습니다. 비정규직원 두 명이 공장 굴뚝에 올라가서 농성을 하고 있습니다."

창원 공장 굴뚝의 높이는 대략 80미터 정도다. 굴뚝도 정기적으로 보수를 해야 하기에 사다리가 있고, 어느 정도 높이마다 작업할 수 있는 공간이 있다. 굴뚝에 올라간 두 사람은 60여 미터 높이의 작업공간에서 목청껏 소리를 지르고 있었다. 보기만 해도 아찔했다. 저러다가 만약 떨어지기라도 한다면?

무엇보다 두 사람의 안전 확보가 급선무였다. 굴뚝 주위에 울타리를 치고, 안전매트를 깔아 임시조치를 취해야 했다. 하지만 그조차 여의치 않았다. 이미 굴뚝 주변에는 사람들이 모여 농성을 하고 있었기 때문이다. 어디서 말을 들었는지 전국비정규연대회의, 전국해고자투쟁위원회 등 외부세력도 섞여 있었다. 몇몇은 텐트를 치고 있는 것으로 보아 장기적이고 조직적인 농성을 하려는 것이 분명했다.

생산 라인은 이미 멈춰 섰고 분위기는 싸늘했다. 과연 이 난국을 어떻게 타개할 것인가?

사태의 심각성을 느낀 나는 곧바로 현장으로 내려가서 나름의 대비책을 마련하는 한편 창원 공장 담당자들과 함께 그들을 설득하려 시도했다.

하지만 그들은 우리의 말에는 전혀 귀를 기울이지 않고 자기들의 요구만을 외칠 뿐이었다. 내 연락을 받고 달려온 창원노조 지부장까지 나서서 설득했지만 그들은 요지부동이었다.

그도 그럴 것이 두 명 가운데 한 사람은 파업 선동을 하고자 위장취업을 한 운동권이었던 것이다. 이른바 작정을 하고 왔으니 마땅한 대책이 있을 수 없었다. 농성이 장기화되면 사태는 걷잡을 수 없게 된다. 게다가 이번에는 자칫하면 인명人命이 관련된 사고까지 일어날 수 있는 위험이 있었다.

그날 저녁, 나는 경찰 관계자를 만나 상황을 설명하였다.

"굴뚝 위에 있는 사람보다 아래에 있는 이들을 먼저 해결해야겠군요. 당장 출동할까요?"

"아닙니다. 그러다가 몸싸움이라도 일어나면 굴뚝 위에 있는 사람들을 자극할 수도 있습니다. 그러니 최대한 신속하게 그리고 은밀하게 처리해야 합니다."

3월 25일 아침이 밝았다. 혹시라도 무슨 일이 생길지 몰라 공장에서 잤기에 몸이 무거웠다. 나는 밖으로 나가 굴뚝 위의 사람을 확인하고서야 비로소 한 숨을 돌릴 수 있었다. 일단 그들에게 먹거리와 음료수를 올려 보내며 다시 설득을 시작했다.

지루하게 이어지는 설득과 변함없는 무반응. 소용없는 줄 알면서도 할 수밖에 없는 진퇴양난進退兩難의 상황이 오후까지 계속되었다.

나는 평소 민첩하고 충성심 있는 노무요원들을 조용히 소집했다. 신속한 조치를 통해 농성자들의 신변을 보호하고 공장도 안정화시키는 것이 최우선이라고 생각했다.

긴급히 본사에서 내려온 직원들과 기존 창원에 있는 직원들이 모였는데, 이들도 긴장한 빛이 역력했다. 다만 짐작을 했는지 모두 결의에 찬 눈빛을 보였다.

"공장 가동을 위해서이기도 하고, 농성자들의 안전을 확보하기 위해서 신속하게 처리해야 한다. 누구도 다쳐서는 안되고, 안전이 최우선이다"라고 지시를 하고 정문쪽으로 향했다. 혹시라도 외부에서 눈치를 챈다면 일이 틀어질 수도 있기 때문이었다.

'혹시라도 일이 잘못되면… 그래서 글뚝 위의 사람들이 뛰어내리기도 한다면……?'

어느 새 텐트 주위에 우리 직원들은 은밀하면서도 기민하게 움직였다. 리더의 수신호에 따라 각자 목표로 삼은 텐트 안으로 소리 없이 들어갔다. 그리고 얼마 지나지 않아 텐트에서 사람들이 끌려나오기 시작했다.

충돌을 최소화하고자 한 사람 당 서너 명의 직원이 붙어 마치 짐을 옮기듯 높이 들고 나왔다. 다리는 땅에서 떨어졌고, 팔을 잡혔으니 천하장사라도 힘을 쓰지 못할 것이었다. 이어 텐트 철거가 이뤄졌고, 준비해 둔 안전매트Air Mat를 굴뚝 주위에 겹겹이 쌓은 다음 울타리Safety Net를 설치했다. 이로 인해 안전사고의 위험은 거의 사라지게 되었고, 굴뚝 위 농성자들의 안전도 확보하게 되었다.

모든 일을 마치기까지는 채 30분이 안 되었지만, 그 시간이 내겐 영겁永劫과도 같았다.

일단 한시름을 놓았지만 결코 문제가 해결된 것은 아니었다. 어떻게든 굴뚝 위에 있는 두 사람을 설득하여 내려오도록 하는 한편 멈춰 선공장을 가동해야 했다.

반복되는 설득, 변함없는 무시, 때가 되면 올려 보내는 음식과 물. 다큐멘터리 필름을 반복하여 재생하는 듯 똑같은 나날이 지속되었다.

게다가 공장 앞에서는 전국비정규직연대 300여 명이 모여 집회를 하고 있었다. 소수의 고립된 싸움을 비정규직 전체의 싸움으로 확대시키려는 의도였다.

이들은 공장으로 진입하고자 철문과 방호시설을 파괴했고, 폭력을 휘둘러 직원 여럿이 다치기도 했다. 때문에 우리는 차가운 사무실 바닥에서 잠을 자며 돌아가며 불침번을 서야 했다. 더욱이 단기출장을 온 터여서 별다른 준비가 없었기에, 세면도구와 속옷 등을 근처 슈퍼에서 사다가 손빨래를 하여 갈아입어야 했다.

다행스럽게도 공장 직원들은 현실을 직시하고 회사의 입장을 이해하여 방호에 참여하는 등 적극적인 의지를 보여 주었고, 대부분의 도급근로자들도 정상적으로 조업을 하여 생산에는 큰 무리가 없었다.

결국 한 달 가까이가 지나서야 두 사람이 굴뚝에서 내려옴으로써 사건은 일단락되었지만, 지금도 당시의 일을 생각하면 소름이 돋을 정도이니 나 역시 충격이 작지 않았다고 하겠다. 아슬아슬한 상황이었지만 그래도 창원공장에서 벌어진 사태로 우리는 커다란 교훈을 얻을 수 있었다.

사태가 발생하기 전까지 창원공장의 관리직이나 감독자들은 자부심이나 주인의식이 그다지 많지 않았다. 그러나 서로 힘을 합쳐 전국비정규연대회의, 전국해고자투쟁위원회 등 외부세력의 반복되는 공장 진입을 막아내면서 애사심과 주인의식이 공고해지고 자신감을 얻게 된 것이다.

'우리의 일터는 우리가 지켜야 한다'는 책임의식이 생겼고, 애사심은 물론 직원끼리의 결속력도 생긴 것이다. 비 온 뒤에 땅이 단단해지듯.

당시 사태를 해결하기 위해 노력하고 도움을 준 많은 분들께 지면을 빌어서나마 감사의 말씀을 드린다.

도전을 넘어선
혁명

　갈등의 시대, 대우가 몰락하기까지 회사를 지키던 선배, 동료들이 대우세계경영연구회를 결성하고, 그동안의 공과를 솔직하게 기록한 책 『대우는 왜?』(북스코프, 2012)를 냈다며 내게도 한 권 보내 왔다. 비록 나와 근무지는 달랐지만 대개는 안면이 있는 친구들이어서 한편으로는 기뻤고 다른 한편으로는 가슴이 아팠다.

　'다 끝난 일을 가지고… 이제 와서 무슨 일을 하겠다고? 뒤늦은 변명으로 들릴 수도 있지 않을까?'라는 우려를 하며 책을 폈다. 하지만 책을 읽어 가면서 나는 스스로도 몰랐던 내용도 알게 되었고, 대우 사태가 내 젊은 시절과 함께 한 역사의 기록이자 우리 경제 발전의 초석 가운데 하나였음을 알 수 있었다.

　대우맨이었던 나 자신의 입으로 이야기하자니 조금은 낯이 간지럽고, 『대우는 왜?』의 필진의 이야기를 그대로 전하기도 쉽지 않기에 비교적 객관적인 시각을 가졌다고 여겨지는 김기홍 교수의 말을 인용한다.

김기홍 교수는 부산대학교 경제학과에서 후학을 가르치고 있으며, 한국국제통상학회가 발행하는 학회지 『국제통상연구』의 편집위원이기도 하다.

"대우세계경영연구회가 펴낸 『대우는 왜?』는 대우가 남긴 소중한 자산들을 잊지 않고 공유하기 위해 쓰였다. 기업에서 출간한 책들 혹은 조언이 목적인 자기개발서 들은 'Why?'가 아니라 'Did It!' 또는 'Follow Me!'가 주된 내용이다. 하지만 진짜 중요한 것은 'Why?'이다.

이 세상에 완벽하게 동일한 상황은 존재하지 않는다. 독자들이 책에서 살아갈 힘을 얻고 그것을 자신만의 무기로 장착하고자 한다면 그들이 책에 쓰인 문자 그대로의 의미를 가지는 것이 아니라 책에 제시된 것들에서 자신만의 답을 만들어내도록 해야 한다.

『대우는 왜?』는 그 답을 찾을 수 있도록 배려하고 있다. 사실, 책이 기본적으로 가져야 할 자세가 이런 것이 아닌가 싶다. 대우라는 기업은 우리 세대와는 친근하지 않다. 우리가 우리를 둘러싸고 있는 사회에 관심을 갖기 전에 대우는 공중분해 되어버렸기 때문에.

그래서 지금 남아있는 GM 대우나 대우건설, 대우인터내셔널과 같은 현재 존재하는 대우의 자회사가 대우의 전부라고 생각하곤 한다.

나 역시 대우에 대해서, 김우중 전 대우회장에 대해서 아는 바가 전무全無하다시피 했고. 이미 사라진 회사에 대해 왜 책까지 내는 것인지 궁금했다.

그러나 대우는 책을 낼만한 충분한 가치가 있었다. 도전정신과 창조정신, 희생정신. 대우가 추구하던 가치다. 대우는 그 가치를 놀랍도록 멋지게 구현한 회사였다.

회사가 추구하는 가치, 존재목적은 이윤창출 혹은 시장 지배력 획득이라 배웠다. 그리고 그 생각은 여타 회사들의 행태를 잘 설명해 주었다. 하지만 대우는 달랐다. 물론 회사가 존립하기 위해서 이윤창출은 필수적이다.

대우도 물론 그 일차적인 목적에 충실했고, 훌륭한 성과를 보여주었다. 하지만 희생정신이라는 그 가치를 실현하고자 했다는 점은 아주 고무적이었다.

현재 우리 세대는 개인주의를 넘어 이기주의가 팽배해 있다. 어떠한 사회집단에 속해서 살아갈 수밖에 없는 것이 우리 인간이다. 허나 우리는, 이렇게 말을 하는 나조차도 '우리'보다는 '나'에 치중하여 조금의 손해도 입지 않으려고 몸을 사린다.

대우가 이루어낸 많은 성과들은 모두가 사원들의 단결과 희생을 마다않고 달려드는 열정에 기반해 있었다. 사원들의 그러한 애사심은 총수에 대한 신뢰와 대우에 대한 애정이 있었기 때문에 가능한 것이다. 나는 그들을 그렇게 이끌었던 김우중 전 회장의 그와 같은 리더십을 열망하게 되었다.

집단주의에 매몰되어 전체를 위한 개인의 희생을 정당화 하려는 것이 아니다. 한 차원 더 높은 가치창출을 위해 현재의 불편과 개인적 희생을 감수하는 것은 아름다운 일이며 바람직한 결과를 낳을 수 있다.

도전정신과 김우중 전 회장이 언급했던 지구상 마지막 시장이라는 북한. 그리고 냉전이라는 이념의 장벽을 넘어 공산주의 국가의 시장을 개척하고자 하는 것은 어쩌면 도전을 넘어서 혁명이라는 생각마저 들게 했다.

대우는 끊임없이 도전했고 혁신을 일구어 냈다. 대우에게 어울리는 수식어를 꼽으라면, '가장 먼저' 라는 수식어가 제일 잘 어울리지 않을까.

현재의 편안함에 안주하지 않고 현재의 작은 승리에 도취되지 않는다. 현재의 패배에 무릎 꿇지 않고 고난과 역경에 슬퍼하지 않는다. 이 것은 단지 회사를 경영하는 것에만 적용되는 것이 아니라 우리가 가져야 하는 삶의 자세와도 맞닿아 있다. "

자기계발自己啓發
노트

　자동차는 산업의 핵심이고, 기업인의 마지막 꿈이라고 한다. 또한 국가의 중요한　기간산업이기도 하다. 자동차산업이 활성화되면 기술력은 물론 철강 · 전자 · 건설 · 보험 등 각 분야가 발전하는 때문이다.

　자동차 제작 가운데서도 '꽃'으로 불리는 분야는 조립이다. 2만2천 개의 부품이 모여 수백 번의 공정을 거쳐 비로소 한 대의 자동차가 완성되니, 식물이 겨울과 봄을 지내고 화려한 꽃을 피우는 것과 같다고 하겠다.

　GM의 방식은 설사 경영진이라 할지라도 어느 공정工程 하나를 택하여 교육을 이수하고 자격증을 받도록 하고 있다. 비록 기술자까지는 되지 못하더라도 현장 업무를 알아야 제대로 된 의견을 제시할 수 있기 때문이다.

노사안전본부장 겸 전무를 거쳐 2012년 부사장으로 승진한 나는 미국식의 투명하고 현장 위주의 경영을 새로 익히며 스스로의 부족함을 느꼈다. 이럴 때는 오직 한 가지 방법밖에 없다. 공부를 하는 것이다.

셰익스피어는 햄릿의 입을 빌어 "고통의 바다를 향해서 무기를 들어라!"라고 말하지 않았던가.

현재 내가 고통스럽지는 않지만 언제 과거와 같은 구조조정이나 워크아웃 사태가 일어날지 모른다. 만약의 경우를 위해 내 실력을 키우는 수밖에 없다.

이런 생각으로 퇴근 후 서점을 찾았다. 하지만 무수히 많은 책 가운데 내게 필요한 것이 어떤 것인지 알 수 없었다. 하긴 무엇이 부족한지조차 몰랐으니까.

한참 동안 진열대를 살피다 보니 낯익은 이름이 눈에 띄었다. 카네기가 지은 『셀프 이미지 메이킹Self-Image Making』이라는 책이었다.

나는 군복무 시절에 읽은 철강왕 앤드류 카네기의 저서인 줄 알고 집은 것인데, 그 책은 전문컨설턴트인 데일 카네기Dale Breckenridge Carnegie가 지은 것이었다.

'셀프이미지 메이킹? 스스로 이미지를 만든다니 재미있군. 하긴 이제 나도 많은 직원을 거느린 간부이고 국제적인 비즈니스도 해야 하니 도움이 될 거야.'

이를 시작으로 나는 5대 그룹 CEO의 철학과 덕목을 공부할 때처럼 다양한 책을 읽으며 느낀 바와 내 현재 상황을 접목시켜 나름의 철학과 처세법을 형성해가기 시작했다. 그리고 내용을 정리하여 나만의 자기계발 노트를 만들었다.

셀프이미지 메이킹

문명의 진보로 사회의 변화는 점점 가속도가 붙고, 흡수해야 할 정보도 기하급수적으로 늘어난다. 하지만 스트레스나 무력감을 호소하는 사람들이 많아지고 있다. 자신의 내면과 직면할 수 있는 시간을 빼앗겨 스스로의 중심을 잃은 때문이다.

이럴 때 자신을 지탱해 줄 힘이 있다. 그것은 누구나 가지고 있는 자기만의 자아상自我像, 즉 셀프이미지Self-Image다.

심신을 괴롭히는 모든 스트레스로부터 자신을 지킬 수 있는 가장 강력한 무기는 흔들림 없는 자아상이다. 부정적인 사고방식이 인간을 절망으로 끌고 들어가는 예는 얼마든지 볼 수 있다. 일상의 사소한 근심, 걱정들로 인생의 대부분을 낭비하면서 살아가는 것은 너무 안타깝지 않은가?

활기찬 생활을 하려면 우선 건전한 자아상을 갖춰야 한다. 스스로를 '가치 있는 인간'이라고 볼 줄 아는 눈이 필요한 것이다.

그렇다고 지금까지의 잘못으로 스스로를 힐책해서는 안 된다. 이 세상 누구도 완전한 인간은 없는 만큼 자기 자신을 공격해 보았자 달라지는 것은 아무 것도 없다.

컵에 물이 반이 남았을 때 사람은 "어, 반밖에 남지 않았네" 또는 "이야! 아직도 반이나 남았네"라는 두 가지로 반응한다고 한다.

과연 당신은 어느 쪽인가? '반밖에 남지 않았다'는 부정적인 사고思考보다는 반이나 남았다고 생각하는 긍정적인 사고를 가진다면 같은 환경이라도 훨씬 즐겁고 생동감 넘치는 삶을 살 수 있을 것이다.

미국의 시인이자 사상가인 랄프 에머슨Ralph Waldo Emerson(1803~1882)은, 인간의 생활은 참된 로맨스다. 용감히 맞서면, 소설보다 훨씬 즐거운 인생을 맛볼 수 있을 것이라고 했다.

하지만 아무리 낙천적으로 생각하고 즐겁게 지내려 해도 우리를 둘러싸고 있는 환경은 각종 스트레스를 넘어 불안을 느끼도록 한다. 따지고 보면 소년기부터 사춘기, 성인, 중년에 이르기까지 사람은 누구나 마음을 불안하게 하는 온갖 요소와 싸우며 지내야만 한다.

이런 불안한 일생 속에서 안정을 찾아주는 힘은 없을까? 물론 있다. 그것은 우정이다. 가장 가까운 벗과 나누는.

그렇다면 가장 가까운 벗은 누구일까? 고향 친구? 학교 동창? 군대 동기? 아니다. 누구에게나 가장 가까운 벗은 바로 자신, 즉 자아상이다. 아무리 소중한 친구라도 당신을 위하여 살 수 없으며, 당신 대신 결정을 내려줄 수도 없다.

자아상은 인생의 모든 것을 포용할 수 있는 능력을 부여해준다. 스스로가 바람직한 인간이라고 생각한다면 흔들림 없이 안정감으로 충만한 생활을 할 수가 있다. 하지만 안정감을 부여해 주는 자아상이 확립되지 않은 사람은 위험천만한 인생의 절벽에서 발을 헛디뎌 떨어질 수도 있다.

이는 스스로를 죽이는 '정신적인 자살'이라 해도 과언이 아니다. 위험이나 불안, 절망의 끝에 섰다 할지라도 강한 자아상을 가졌다면 안정적이고 평온한 삶으로 되돌아올 수 있는 것이다.

마음을 안정시키는 자아상을 확립하기 위해서는 다음과 같은 방법이 있다.

매일 아침 세수를 한 후에, 거울에 자신의 얼굴을 비춰본다. 단 2~3분간의 시간을 투자해, 자신의 얼굴을 응시하는 것이다.

물론 이 시간을 자신의 외모를 판단하는 데 낭비해선 안 된다. 얼굴 뒤에 있는 나를 바라보아야 한다. 그리고 그 속에 숨어있는 나 자신, 즉 자아상을 만나서 자신이 성공과 행복, 승리의 기쁨을 누릴 가치가 있는 사람이라고 여기며 스스로에게 이렇게 물어 본다.

"나의 자아상, 오늘은 기분이 어떤가?"

셀프 이미지 메이킹Self-Image Making 십계명

① 강한 자아상에 모든 것을 집중시켜라.
② 자아상을 인생의 반려로 삼아라.
③ 자아상을 말살해서는 안 된다. 항상 자기의식을 강화시켜라.
④ 자아상으로 당신 자신을 충만시켜라. 그것은 좋은 벗이다.
⑤ 좌절했을 때는 자아상에게 동정을 구하여라.
⑥ 매일 자아상을 빛나게 닦아라. 올바른 자기의식만이 강하게 만든다.
⑦ 경쟁을 두려워하지 않게 될 때까지, 자아상에 의하여 자신을 높여라.
⑧ 자아상을 길러라. 자주성이 없는 생각으로 자기를 납득시켜서는 안 된다.
⑨ 자아상이 성장하기 쉬운 풍토를 만들고, 자신의 세계에 대하여 겸양의 마음을 갖는 나날을 보내라.
⑩ 자아상을 기쁘게 하며, 자신 안에 있는 성공 본능과 성공기재가 항상 일하도록 만들어라.

날마다의 목표, 원만한 대인관계

고대 그리스의 3대 비극시인 가운데 한 사람이었던 소포클레스 Sophocles(BC 497~BC 406)는 "내가 헛되이 보낸 오늘 하루는 어제 죽어간 이들이 그토록 바라던 하루이다. 단 하루면 인간적인 모든 것을 멸망시킬 수 있고 다시 소생시킬 수도 있다"고 했다.

과연 당신은 오늘 하루를 어떻게 살 것인가? 그냥 흘러가는 대로 보낼 것인가 아니면 작은 것이라도 이룰 것인가?

하루를 보람차게 만들자면 무엇보다 목표가 있어야 한다. 목표는 평생을 통해 성취하는 장기적인 것, 몇 년을 노력하여 이루는 중기적인 것 그리고 일주일 또는 하루처럼 단기적인 것이 있다.

값진 인생, 의미 있는 삶을 원한다면 그날의 목표를 정하는 것이 좋다. 목표가 있는 사람과 없는 사람의 차이는 엄청나기 때문이다. 건강을 위해 조깅을 하더라도 어느 지점까지라는 목표를 정해두면 달리기를 하더라도 의미가 있지 않은가.

아무리 사소한 것일지라도 괜찮다. 당신이 주부라면 가족을 위해 맛있는 요리를 만드는 것 역시 훌륭한 목표일 수 있다. 이처럼 나날의 목표를 정하고 그 목표를 향해 나아가는 방향감각을 가져야 한다.

목표가 사적인 것이라면 관계는 공적인 것이다. '관계'는 우리가 사회생활을 하는 데 반드시 필요하며, 설령 본인이 거부하더라도 피치 못하게 이뤄지기도 한다. 혼자서 깊은 산속에 들어가 살지 않는다면 말이다.

한 번 자신과 다른 사람의 관계를 살펴보라. 과연 좋은 관계를 맺고 있는지 아니면 관계가 틀어졌거나 또는 지나치게 소극적이어서 사람들을 기피하고 있는지를.

많은 사람들이 복잡하고 어려운 대인관계 때문에 괴로워하고 있다. 그러나 대인관계는 무척 중요한 것이다.

'인간은 사회적 동물'이라는 아리스토텔레스Aristoteles(BC 384~BC 322)의 말도 있고, 레이몬드 조Raymond Joe는 저서 『관계의 힘』에서 '좋은 관계를 맺고 진정한 친구를 만들기 위한 열쇠는 바로 언제 어디서나 상대의 입장이 되어 행동하라Put Yourself in Somebody's Shoes'고 했다. 게다가 좋은 인간관계는 자신을 성장시키는 원동력이 되기도 한다.

그러므로 이기주의, 편견, 작은 앙심이나 섭섭함 등이 대인관계에 불화를 일으키더라도 사람 만나기를 피해서는 안 된다. 설령 당신이 상처를 입는다고 해도 말이다.

주변 환경이 어떻든 탓하지 말자. 무엇보다 당신의 태도가 긍정적인가가 중요한 것이다.

나날의 목표를 세울 때 그리고 다른 사람과의 관계에서 가장 큰 장애가 되는 것이 두려움이다. '혹시 안 될지 몰라!', '실패하면 어떻게 하나?' 등의 두려움은 성공의 가장 큰 적이다.

두려움을 극복하는 훈련을 하자. 우선 조용한 방에 편히 앉아 실패했을 경우 어떤 일이 발생할 것인지를 빠짐없이 생각해 보자.

의외로 잃는 것이 너무도 사소한 것들임을 깨닫고 놀랄 것이다. 너무도 가치 있는 지금의 이 도전에 비하면 말이다. 그리고 이렇게 다짐하자.

"어쩌면 나는 '자주' 실패를 범하는 사람인지도 모른다. 그러나 나는 '때때로' 실패를 딛고 일어서는 사람이기도 하다."

이제 일어나서 행동을 시작하라. 당신은 '자주' 실패를 딛고 일어서는 사람이 될 수 있으며 또한 대인관계도 좋아질 수 있다.

대인관계를 이룬 사람 가운데 빼놓을 수 없는 존재가 바로 '친구'이다. 어린 시절 이웃집에 살던 죽마고우, 학교동창, 직장동료, 동호회 회원 등등.

하지만 이들 가운데 과연 진정한 친구는 몇이나 되는지 그리고 과연 자신은 그들의 친구로서 자격이 있는지를 곰곰 생각해 보자.

"친구란 무엇인가? 그것은 두 개의 몸에 있는 하나의 혼魂이다"라는 그리스의 철학자 아리스토텔레스의 말처럼, 우정은 다른 사람으로부터 받는 것이 아니라 다른 사람에게 주는 것이다. 물질적인 선물이 아니라 동정, 성의, 이해의 형태로 주는 것이며, 다른 사람과 나의 신뢰를 같이 하는 것이다. 다시 말해서 내가 다른 사람의 몸이 된다는 선물이다.

당신이 이렇게 할 수 있을 때에 '우정'이라는 최고의 답례를 받게 될 것이다. 그리고 진정한 우정은 좋은 포도주처럼 당신의 원기를 북돋아 줄 것이다.

우정을 얻기 위해서 꼭 필요한 일이 있다. 스스로를 '반드시 친구로 삼고 싶은 사람'으로 만드는 것이다. 이 같은 우정 획득의 기술을 몸에 지니면 스스로에게 만족의 미소를 보낼 수 있을 것이다.

나이가 들어가면서 느끼는 것이 또 있다. 그동안 앞만 보고 달려왔지 뒤를 돌아볼 생각은 하지 않았다는 것이다. 물론 각박하고 숨 돌릴 사이도 없이 돌아가는 바쁜 현대사회에서 여유를 갖기란 쉽지 않다. 하지만 여유를 갖는다는 것은 그다지 어려운 것도 아니다.

간혹 옛날에 함께 운동을 했던 친구들을 만나면 밥내기로 탁구를 치곤 한다. 그런데도 지나친 승부욕으로 눈살을 찌푸리게 만드는 경우가 있다. 물론 몇 푼 안 되는 밥값이 아까워서 그런 것이 아님을 잘 안다. 오랜 선수 생활로 패배한다는 것을 받아들이지 못하는 때문이다.

흔히 어릴 때부터 운동을 하면 승부욕이 강해진다고 한다. 어느 정도 맞는 말이기도 하다. '올림픽은 참가하는 데 의의가 있다'거나 '결과보다는 과정을 중시하라'는 것은 옛말이 되어 버렸다. 하지만 본질을 잊어서는 안 된다.

우리가 한 게임은 즐기기 위한 것이지. 반드시 승부를 위한 것은 아니지 않은가. 이제 나이도 들었으니 조금의 여유를 가지는 것은 정신건강에도 좋다고 생각한다. 보다 나은 관계를 위해서.

열심히 일하고 열심히 놀자

퇴근시간이 되면 마치 전쟁이라도 난 것처럼 직원들은 회사를 빠져나간다. 회사가 지옥과도 같아서 한시라도 빨리 벗어나고 싶은 것일까? 만약 그렇다면 그 사람은 자신의 일에 대해 전혀 기쁨을 얻지 못하는 노예나 다름없다.

만약 자신이 하고 있는 일에 전혀 흥미를 느끼지 못하고 있다면, 보수가 적더라도 좋아하는 일을 할 수 있는 곳으로 옮겨야 한다. 그것이 불가능하다면, 가벼운 운동이나 다양한 취미생활을 통해 삶의 의욕을 승화시켜야 한다.

그래서 나는 시간이 나면 아내와 함께 산에 오른다. 설악산으로 신혼여행을 갔을 때부터 생긴 부부의 공동 취미이다.

산에 간다고 해서 거창한 준비를 하여 등반을 하는 것은 아니다. 가까운 뒷산도 좋고, 보다 시간적인 여유가 있다면 그리 멀지 않은 곳으로 체력에 무리가 가지 않는 산을 오르는 것이다.

그렇게 자연과 마주하다 보면 바쁜 일상에서 까마득히 잊고 지냈던 산새들의 기저귀는 소리도… 나무와 숲이 주는 자연의 소중함도 새삼 느낄 수 있다.

인간은 창조적인 존재다. 타성에 이끌려 지내나 보면 결코 만족감을 얻을 수 없고, 정말 소중한 것이 무엇인지 모르고 지내게 된다.

자신의 일이 끝났을 때, 여가를 즐겨라. 스포츠 · 댄스 · 그림 · 요리… 무엇이 되었든 적극적으로 즐기자.

또한 여가 시간에는 직업적인 일이 끼어들게 하지 말자. 테니스를 할 때는 테니스에만 열중해야 한다. 그것이 이 세상에서 가장 중요한 일인 듯 말이다.

매 순간마다 한 가지 일에 전념하고, 다른 일에 도전하기 전에 그것을 정리하는 습관을 몸에 익힌다면 창조적이고 행동적으로 변한 자신을 발견할 수 있을 것이다.

의욕을 가지자. 최고가 되고 싶다는 욕망을 가슴에 가득 채우자. 그렇다면 당신은 그 누구보다도 활기찬 생활을 하게 될 것이고 또한 바라는 모든 것을 이룰 수 있을 것이다.

물론 활기찬 생활이라고 해서 과격한 스포츠를 즐기는 삶을 뜻하는 게 아니다. 창조적인 생활이라는 것이 정적靜的이고 고요한 삶을 말하는 것이 아니듯.

어떠한 목표도 우연히 달성되는 것은 아니다. 확실한 목표를 가지고 설계를 할 때 활기찬 생활이 시작되는 것이다.

인간의 평균수명을 80세라고 볼 때, 10대에 목표를 세웠다면 남은 70년을, 20대에 세웠다면 60년을, 30대에 세웠다면 50년을 활기차게 지낼 수 있는 것이다.

현재 나이가 얼마라도 상관없다. 지금 이 순간 목표를 정하고 설계를 하면, 자기의 능력을 훨씬 뛰어넘어서 전진할 것이고, 남은 인생 또한 훨씬 값진 인생이 될 것이다.

그러기 위해 현실 속에서의 자아상을 확립해야 한다. 그러나 터무니없이 과대평가해서도 안 되고, 평가절하해서도 안 된다.

주변 사람들의 승인을 받은 자기 평가를 내린 다음, 항상 최고의 상태에 있을 때의 자기 자신을 보도록 힘쓰자.

하지만 때로는 그러한 평가가 문제가 될 수 있다. 상대의 평가가 정확하지 않을 때이다. 부모가 자식에게 "너는 왜 그것밖에 못하니"라거나 "이웃집 철이는 1등을 했다던데"라는 식으로 폄하貶下하는 말을 한다면 제대로 된 자아가 확립되지 못한다.

또한 인간은 자신에게 냉정해지기 힘들다. 그러므로 스스로를 과대평가하는 경우가 많다. 게임에서 지거나 하면 "상대가 교묘하게 반칙을 해서…"라거나 실패를 하면 "나는 열심히 했지만 상황이 나빴어"라는 등 책임 전가를 하는 것이다.

미국의 시인 헬렌 헌트 잭슨Helen Hunt Jackson(1830~1885)은 '신이 사랑하는 사람은 영원히 젊음이 넘치는 삶을 산다'고 했다.

신이 누구를 사랑하는지 알 수는 없지만, 만일 당신이 자기 자신을 존경하고, 우수한 사람이라고 믿고 있다면, 언제까지나 생기발랄한 '젊음'을 유지할 수 있을 것이다.

성공을 마음속에 그림으로 그리자. 과거에 이뤘던 성공을 마음속에 묘사해 보자. 시험에서 만점을 받은 일, 자전거를 처음 탔을 때나 농구에서 첫 골을 넣었을 때, 블록 쌓기를 완성한 순간 등 아무리 작은 것이라도 좋다.

가능하다면 천연색의 그림으로 묘사해서 차분히 바라보자. 그리고 이 자기 만족의 감정을 확실히 기억해 두자. 출근을 할 때, 차를 마실 때, 자기 전에 실제적 성공을 회상하자. 그러면 자신감이 생길 것이다.

그 자신감으로 날마다의 목표를 정하고, 멋진 하루를 만들어 가자.

성공의 원동력은 동기부여

당신은 혹시 매일 아침 눈을 뜨고 일어나면 아직 일어나지 않은 일들을 걱정하는가?

그것은 하늘이 무너질까를 염려하는 기우杞憂, 즉 쓸데없는 걱정이다. 일어나지 않은 일에 대한 걱정일랑 훌훌 털어버리고 이제부터는 행복으로 가득 찬 아침을 시작하자.

행복은 성공을 향한 목표를 세움으로써 시작된다. 그러나 그 목표는 남이 강요하는 것이 아니고, 본인 스스로 세우는 목표라야 한다.

아무리 사소한 목표라도 자신이 세운 것이라면 기쁨을 줄 것이고, 아무리 위대한 목표라도 강요된 것이라면 가치 있는 것이 아닐 것이다.

영국의 작가 조지 엘리엇George Eliot(1819~1880)은 "동기의 결핍은 생활을 황량하게 만든다"고 했다. 그렇다. 동기 없이는 아무것도 이룰 수가 없다. 동기란 스스로를 타오르게 만드는 성공의 원동력인 것이다.

위대한 발명가 에디슨이 성공을 이룬 비결은 목표를 정하는 재능과 그 목표를 추구하는 열정이었다.

그는 자신의 목표를 세우면 그에 필요한 지식을 얻기 위해 방대한 양의 독서를 했다. 그렇게 지식을 쌓고 정보를 모은 뒤, 아침 일찍 실험실에 들어가면 다음날 오후가 되어서야 나올 만큼 실험에 몰두했다.

또한 그는 휴가 때면 목표를 확실히 세우고 즐겼으며, 일에 대한 이야기는 일체 하지 않았다.

물론 당신은 에디슨만큼 위대한 인물은 아니다. 그러나 에디슨 역시 처음에는 당신처럼 평범한 사람이었음을 잊지 말아야 한다.

한 가지 다른 것이 있다면, 에디슨은 날마다 목표를 세우고 그것을 향해 계속 자신을 불태웠다는 것이다.

자신의 안에서 타오르는 불을 느끼자. 그것이 바로 참된 생활이다.

목표 달성을 위한 성공기제

① **목표지향 감각**Sense of Direction: 자신의 능력이 닿는 목표를 세운다.
② **이해력**Understanding: 목표에 대한 두려움과 타인의 불평을 이해한다.
③ **동정심**Charity: 자신을 포함, 목표를 이루고자 고생하는 사람들에게 동정심을 갖는다.
④ **용기**Courage: 언제나 용기를 잃지 말고 실패를 두려워 않는다.
⑤ **존중**Esteem: 인간으로서 자신의 가치를 존중하는 동시에 타인에 대한 경의를 표한다.
⑥ **자신**Self-Confidence: 스스로를 믿고 승리의 상(像)을 마음에 그려 본다.
⑦ **자기용인**Self-Acceptance: 자신의 실패를 받아들이고 성공을 위한 교훈으로 삼는다.

하지만 밝음이 있으면 어두움도 있는 법. 우리에게는 성공이 주는 기쁨과 함께 실패에 대한 두려움도 있다. 부정적인 생각이 바로 그것이다.

남들이 볼 때는 사소해 보이는 문제가 자신에게만은 죽을 듯이 심각하게 느껴질 때가 있다. 이가 바로 스스로를 부정적 감정으로 끌어들이는 '실패 기제'이다.

스스로를 부정하는 실패 기제

① **욕구불만**Frustration: 무엇이 잘못되었는지 판단하지 않고 울부짖으며 불평을 반복한다.

② **공격성**Aggressiveness: 욕구불만은 잘못된 공격성을 낳고 패배의 악순환으로 이어진다.

③ **불안**Insecurity: 실현 불가능한 목표를 세우고 불안해하며 자신을 믿지 못한다.

④ **고독**Loneliness: 사람들과 세상으로부터 버림받았다고 느끼는 감정은 실패의 주요 원인이다.

⑤ **불확신**Uncertainty: 스스로에 대한 믿음이 없으므로, 기회가 왔을 때 결정을 내리지 못한다.

⑥ **분개**Resentment: 실패한 과거와 자기를 속인 사람들에 대한 증오는 인생을 황폐하게 한다.

⑦ **공허감**Emptiness: 성공했다고 해도 공허감이 크다면 인생을 제대로 살아 온 것이 아니다.

성공과 실패 모든 기재를 이해했다면 이제 당신은 이뤄야 할 목표를 세우고, 그를 향해 두려움 없이 나아갈 수 있을 것이다.

문제 속으로 과감히 뛰어들어라

자동차의 타이어가 오랜 기간에 걸쳐 그토록 모질게 사용해도 견디는 까닭을 아는가?

최초의 타이어 제조업자들은 도로의 쇼크에 저항하는 타이어를 만들었다. 타이어는 곧 갈기갈기 찢어지고 말았다. 그래서 이번에는 도로의 쇼크를 흡수하는 타이어를 만들었다. 그것은 찢어지지 않았으며, 오늘날 우리에게 안락하고 빠른 발의 역할을 해주고 있다.

마찬가지로 우리도 험한 인생항로에 있어서의 쇼크를 흡수하는 방법을 배운다면, 행복한 여행을 즐길 수 있게 되는 것이다.

만일 인생의 쇼크를 흡수하지 않고 반항한다면 어떤 일이 일어날 것인가?

답은 명료하다. 우리는 수많은 내면적 갈등을 일으킬 것이고, 끊임없는 긴장으로 신경쇠약에 걸리고 말 것이다. 그리고 준엄한 현실 세계를 거부하고 스스로 만든 허황된 꿈의 세계로 도피한다면 미치광이가 되고 말 것이다.

우리의 삶은 평탄치 않다. 아무리 긍정적으로 살고자 노력해도 뜻하지 않은 난관에 부딪힐 수 있다. 아무리 생각해도 해결 방법이 없다면 남은 길은 단 하나. 그 문제 속으로 뛰어드는 것이다.

나는 어떤 문제가 생기면 상사께 백 퍼센트 솔직하게 보고하는 편이다. 물론 상사가 흡족하도록 적당히 윤색하거나 양념을 칠 수도 있지만 절대 그러지 않는다.

사태를 또는 직원들 의중을 정확히 알아야 그에 걸맞은 조치를 할 수 있기 때문이다.

그러다 보면 은근히 불만세력 나아가 불온세력으로까지 분류되어 곤란을 겪을 수도 있었을 텐데 다행히 인복人福이 있는지 그런 직설적인 스타일을 좋아하는 상사를 만났기에 "저 친구는 확실해!"라는 평을 들을 수 있었다.

임원이 되고서도 마찬가지이다. 직원들이 찾아와 건의를 하거나 하면 나는 "알겠네" 아니면 "알아보겠지만 어려울 거야"라고 답한다. 전자는 OK이고, 후자는 NO이다.

직원들은 절대 '왜 안 되는데요?'라고 묻지 않기에 구구절절 설명할 필요가 없다.

물론 이가 하루아침에 이뤄진 것은 아니다. 참으로 오랜 세월 동안 나는 구구절절한 설명을 했다. 법적인 부분, 즉 규율規律과 감성적인 부분을 잘 배합해서 말이다. 그렇게 하여 '공정하고 확실한 사람'이라는 평을 얻을 수 있었다. 신뢰를 바탕으로 소통을 이뤄낸 것이다.

이러한 모든 것은 직면한 문제 속으로 과감히 뛰어들었기에 가능했다. 그리고 나만의 비법이 또 한 가지 있는데 바로 '인스턴트Instant 자신감'이다.

회사 임원이 되고서는 수십 수백 명 앞에서 연설을 할 때가 있다. 연설이 끝나면 간부나 직원들은 "정말 말씀을 잘 하십니다. 좋았습니다"라며 칭찬을 한다.

어린 시절, 웅변을 배웠기에 약간의 테크닉이 있어 호소력 있게 이야기를 하는 편이지만, 연예인도 아닌 내가 수많은 청중 앞에 서자면 실제로는 무척 떨린다. 다만 떨고 있다는 사실을 드러내지 않을 뿐이다.

나는 소극적이지는 않지만 다소 조용하고 내성적으로 부끄러움도 곧 잘 탄다. 축구를 하면서 많이 고쳐지긴 했지만, 그래도 천성은 어쩔 수가 없었다.

이런 나의 약점을 극복하고 자신감을 가지게 된 계기가 있다. 고등학교 때 축구시합을 할 때였다.

앞서 밝혔듯 나는 중학교 때까지는 키가 큰 편이었는데, 고등학생이 되면서부터 영 자라지 않아 선수 중에는 약간 작은 편에 속했다.

시합 중 우리 팀 선수가 패스한 공을 내가 받았는데, 상대팀 센터가 나를 막아섰다. 체격이 크고 테크닉도 뛰어난 상대팀의 에이스였기에 정면승부로는 승산이 없었다.

순간적으로 내가 초등학교와 중학교 때 육상선수였다는 사실이 머리를 스쳤다.

'100미터라면 몰라도 10미터는 나를 따라잡지 못할 거야!'

슬쩍 오른쪽으로 갈 듯 페인트모션을 취하니 상대가 반응했다. 여기서 최소 20센티미터는 벌렸다. 재빨리 왼쪽으로 몸을 틀고(여기서 30센티미터, 합 50센티미터의 차이를 벌렸다) 전속력으로 달렸다. 그때는 이미 2미터 이상 거리를 벌릴 수 있어 여유롭게 우리 팀에게 패스할 수 있었다.

아마 상대선수와 오랜 시간 맞섰다면 내가 공을 빼앗겼을지도 모른다. 하지만 나는 내 장점을 살려 잠깐이나마 우위를 차지할 수 있었던 것이다.

그 후로 나는 자신감에도 '인스턴트Instant'가 있다는 사실을 깨달았고, 종종 활용하여 제법 괜찮은 성과를 거둘 수 있었다. 처음 겪는 일을 당하거나 새로운 사람을 만날 때, 이 같은 인스턴트 자신감을 발휘하여 상황을 슬기롭게 극복한 것이다.

수많은 인스턴트 제품들이 즉각적으로 생활의 편의를 더해 주듯 끊임없이 자신의 성공한 모습을 마음속에 각인시키고 넓혀 나가자. 마음속에 위대하게 빛나는 나만의 무기를 품자. 그렇게 함으로써 자신만이 느끼는 '인스턴트 자신감'을 갖게 될 것이다.

그것은 순간의 실패를 극복하며, 필요한 순간에 즉석에서 내면에 감춰진 창조력을 발휘하게 해주는 훌륭한 응원군이 될 것임을 나는 분명히 안다.

하루의 일과가 끝나면, 조용한 곳에 앉거나 누워서 내일을 생각하자. 과연 어떤 목표가 있으며, 난관을 어떻게 극복해야 하는가?

만일 자신이 세일즈맨이라면 내일 만나야 할 고객과의 만남을 미리 한 편의 영화처럼 진행시켜 보자.

계약이 실패할 것 같은가? 그렇다면 실패를 어떻게 극복할지 생각해 보자. 성공을 거두었던 과거의 경험을 떠올린다면 도움이 될 것이다. 그때의 기분을 마음속에 살려 두고, 몇 번이고 몇 번이고 되풀이하자.

그러면 다음날 고객을 만났을 때, '인스턴트 자신감'은 유감없이 발휘될 것이다.

행복을 위해서 싸워라! 그 무기는 쾌활하고 건설적인 생각이다.

은퇴는 새로운 시작

안락하고 위생적인 생활환경과 의료기술의 발달로 인간의 평균수명이 늘어났다. 장수長壽는 축복받은 일이지만 국가적·사회적으로는 노령화老齡化라는 커다란 문제를 야기惹起한다.

우리나라는 OECD 국가 가운데 가장 노령화가 빠른 것으로 알려져 있는데, 그에 반해 준비가 미흡하여 심각한 사회문제로 대두되고 있다.

노령화사회는 노동인력 감소 등의 표면적인 문제 외에 정신적으로도 심각한 문제가 발생할 수 있는 여지가 많다. 그 중 대표적인 것이 많은 사람들이 나이가 들면 인생이 끝났다고 생각한다는 사실이다.

그러면 과연 언제부터 노인老人이라 할 수 있을까? 사람에 따라 약간 차이가 있지만 대략 65세 정도로 볼 수 있다. 대중교통 무임승차라는 국가적 혜택도 이를 기준으로 한 것이다.

이렇게 흔히 노인이라고 불리는 나이가 되면 많은 사람들이 매일의 생활을 즐기는 대신 죽음이 언제 자신을 데려갈지를 생각하며 그저 하루하루를 연명해 간다.

자기 자신에 대해서나 인생에 대해서도 만족할 만한 생활을 보내던 사람들이, 나이가 들면 별안간 자기 자신의 고삐를 끊어버리는 것이다. 이것은 '정신적인 자살'이나 다름없다.

이 노인들의 자아상은, 그들을 이미 사회의 한 일원으로 제 구실을 하지 못한다고 보는 사람들의 부정적인 태도에서 영향을 받는다. 이것이 노년기의 정신적인 자살을 부추긴다.

지금 65세가 되려는 당신이나, 언젠가 65세가 될 당신들에게 물어보고 싶다. 65세는 육체적으로나 정신적으로나 생산활동과 무관하다고 보는가?

링컨 전기傳記를 쓴 작가이자 '더 피플', '예수'와 같은 서사시를 발표한 미국의 위대한 시인 칼 샌드버그Carl Sandburg(1878~1967)는 70세가 되어서 뛰어난 작품들을 썼다.

미국 대통령을 지낸 하버드 후버Herbert Clark Hoover(1874~1964)는, 72세 때인 1946년에 당시 대통령인 트루먼을 대신하여 열정적 외교 활동을 했다. 또한 1958년에는 미합중국의 대사로서 벨기에로 부임했는데, 무려 84세의 고령이었다.

사무엘 엘리엇 모리슨Samuel Eliot Morison(1887~1976)은 70대 후반에 '옥스퍼드 히스토리 오브 아메리칸 피플'을 발표하여 유명한 역사학자로서의 생애를 빛냈다.

미국 제32대 대통령인 프랭클린 D. 루스벨트의 부인인 엘리노어 루스벨트Anna Eleanor Roosevelt(1884~1962)는 은퇴 후에 사회, 정치, 경제, 자선 활동에 종사하며 30대보다도 더 바쁜 나날을 보냈다. 그래서 그녀는 70대 후반에 접어들어서야 겨우 자서전을 쓸 여유를 가질 수 있었다.

피카소Pablo Ruiz Picasso(1881~1973)는 90대, 샤갈Marc Chagall(1887~1985)은 80대에도 창작 활동에 몰두했으며, 우디 알렌Woody Allen(1935~)은 62세 때 45살 연하인 순이 프레빈과 결혼했으며, 70세인 현재도 영화감독으로 활동하고 있다.

유명한 강태공姜太公(BC 1140~BC 1027)이 정계에 입문한 것은 70세가 넘어서였다.

만일 당신이 한 가지 분야에서 은퇴할 때가 왔다면, 다른 분야에서 또 다른 성장을 계속할 수 있다는 확신을 갖자. 그곳에서 노년의 정신적 자살은 중단되고, 새로운 인생이 열릴 것이다.

지금 길모퉁이의 꽃집으로 가서 꽃을 산 다음, 카드를 써서 넣고 배달할 주소를 알려 주어라. 그 주소는 바로 당신이 사는 곳이다.

얼마 후, 꽃이 든 상자가 당신에게 배달될 것이다. 상자를 열고 꺼낸 카드에는 이런 말이 쓰여 있을 것이다.

"나는 실패와 욕구 불만의 상을 집어던지고 자신감과 성공의 상으로 바꾸었다. 이따금 흔들리거나 비틀거리겠지만 최선을 다하여 참고 견디겠다. 나는 이 꽃을 받을 만한 충분한 가치가 있기 때문이다."

성공의 키워드
'소통통신'

 조직이나 사회의 구성원 간에는 무엇보다 신뢰가 필요하다. 상대가 의심한다면 백 마디를 해도 소용없지만, 신뢰가 바탕이 되면 한 마디로 끝날 수 있다.

 또한 서로 소통이 원만히 이뤄진다면 신뢰가 쌓일 수 있다. 이처럼 신뢰와 소통은 동전의 양면과 같은 것이며, 성공을 이끌어내는 키워드라 할 수 있다.

 앞서 밝혔듯 나는 직원일 때는 성실함으로, 간부가 되어서는 인내심을 발휘한 설득으로 소통을 이뤄내 상사와 직원들에게 신뢰를 얻을 수 있었다.

 하지만 부사장이 된 지금은 아무래도 직원들과 함께 이야기를 나눌 시간이 부족하기에 원활한 소통을 위해 나름의 방법을 사용하고 있다. 바로 인터넷 이메일을 이용하는 것이다.

특히 군산공장에서 공장책임자Site Manager로 근무할 때 많이 이용해서 나름의 성과를 보았기에 스스로 '소통통신疏通通信'이라고 이름 붙였다.

내가 보낸 이메일 가운데 몇 편을 소개한다.

2011년 1월 3일

안녕하십니까?

출근하자마자 메일을 보고 놀란 분들이 많으실 거라 생각이 듭니다.

지난주에 저는 밤늦게 군산공장을 방문해서 야간조 현장을 순회하고, 주간현장을 둘러보면서 "직원들이 회사를 위해서 많은 노력을 하고 있구나"하는 생각을 하였습니다.

돌아오는 길에 KTX 안에서 고생하는 직원들에게 무엇을 해줄까 고민하다가 "월·수·금 일주일에 3번 메일을 써보자"고 결론을 내렸습니다.

오늘은 신묘년 셋째 날입니다. 우리가 양력과 음력을 혼용해서 쓰는 관계로 실질적인 신묘년은 2월에나 오겠지만, 공식적으로 2011년을 시작하는 날이고 오후에는 시무식도 있을 것이라 생각됩니다.

『한마음회보』를 통해서 우리 군산공장이 성장하기 위한 몇 가지 메시지를 전달한 바 있습니다. 군산공장의 장기적인 성장과 발전을 통해 군산공장 직원들의 고용과 미래를 위해 노력할 것, 현재 전북과 군산을 통틀어 최고의 직장에 근무하는 자부심과 긍지를 가져야 하며, 이를 지속시키기 위해 힘쓸 것, 변화와 혁신이 요구되는 환경에 적응하기 위해 신뢰하고 화합할 것, 우리공장이 경쟁력을 갖추고 주어진 생산목표를 좋은 품질로 이루어 낼 것 그리고 마지막으로 위의 네 가지를 해내는 데 절대적으로 필요하고 가장 핵심적인 '다양한 계층 간의 화합과 통합을 위한 열린 소통을 할 것'이 바로 저의 메시지였습니다.

저의 이 메일은 군산공장의 현장직원에서부터 임원들까지 메일주소를 가진 모든 분들에게 보내질 것입니다.

가끔은 마음 속 감사 메시지, 언젠가는 쓰디쓴 충고일 수도 있습니다. 그것은 거꾸로 저에 대한 반성일수도 있으며 여러분에 대한 응원과 격려일 수도 있습니다. 이 글을 받으시는 분들은 누구든지 제게 좋은 의견 주시길 부탁 드리겠습니다.

미국장애인협회 회관에 걸려있는 '기도'라는 글을 소개해 드리겠습니다.

나는 신에게 나를 강하게 만들어 달라고 부탁했다.
하지만 신은 나를 나약하게 만들었다. 겸손해지는 법을 배우도록
나는 신에게 건강을 부탁했다. 더 큰일을 할 수 있도록
하지만 신은 내게 허약함을 주었다. 더 의미 있는 일을 하도록

나는 부자가 되게 해달라고 부탁했다. 행복할 수 있도록

하지만 난 가난을 선물 받았다. 지혜로운 사람이 되도록

나는 재능을 달라고 부탁했다. 사람들의 찬사를 받을 수 있도록

하지만 난 열등감을 선물 받았다. 신의 필요성을 느끼도록

나는 신에게 모든 것을 부탁했다. 삶을 누릴 수 있도록

하지만 신은 내게 삶을 선물했다. 모든 것을 누릴 수 있도록

나는 내가 부탁한 것을 하나도 받지 못했지만

내가 필요한 모든 걸 선물 받았다.

2011년이 시작되었습니다.

직원 여러분과 가족들의 건강과 행복이 함께하는 해가 되길 기원하겠습니다.

2011년 1월 5일

오늘은 일본 작가가 쓴 "기량은 갈고 닦을 수 있는 것"이라는 글을 소개하고자 합니다.

사람은 타고난 기량만으로 살아가야 하는 것일까? 능력도 용모도 성격도 상당히 많은 부분이 타고난다. 그렇다면 기량은 대부분 결정되는 듯한데, 과연

노력으로 바뀔 수 있을까?

최고는 최고로서의 기량을 가진다. 간부는 참모로서의 기량을 가지며, 비즈니스맨도 각자의 기량을 가지고 자기의 인생을 살아간다.

하지만 기량이 '운'으로만 지배되는 것은 아니다. 운은 태어나면서 정해져 있다. 최고는 최고가 되는 별 아래에서 태어나는 것이다. 그러나 운을 미리 알고 살아가는 사람은 없다. 그것은 결국 운은 정해져 있지 않다는 것과 같다.

누군가가 최고의 자리에 오르면 사람들은 '운이 좋다'고들 한다. 그러나 나중에 어떤 커다란 불운에 휘말리거나 하면 이번에는 '운이 나쁘다'고 말한다. 결국 평생의 운은 그 사람이 죽음을 맞이했을 때에야 비로소 아는 것이다.

'포기하지 말고 도전하라'는 말은 이렇게 해서 탄생했다.

이 세상이 운에 의해 결정되는 것처럼 보이는 것도 사실이지만, 그것이 확실하지 않다면 포기하지 않는 편이 낫다고 생각하는 것이다.

관에 들어가기 전까지 인생이 어떻게 전개될지는 아무도 알지 못한다. 도중에 모습을 드러내는 운은 그저 일시적인 운인 것이다.

용모도 능력도 성격도 타고나는 부분이 많다. 하지만 절대불변의 것은 아니다. 음악가는 무엇 때문에 고된 레슨을 하고, 화가는 무엇 때문에 매일 붓을 쥐고 수련을 쌓는가. 능력이 타고나는 것이라면 그럴 필요가 없지 않은가.

눈의 크기, 코의 높이는 변하지 않는다. 하지만 얼굴의 전체적인 느낌은 내면의 노력을 통해 보다 훌륭히 완성되는 것이다.

자신의 운을 어떻게 인식하는가 하는 기량은 갈고 닦으면 빛이 난다. 즉 자신에게 있어서 갈고 닦으면 빛날 수 있는 부분을 정확히 판단하는 기량 역시 훈련으로 연마할 수 있는 것이다.

비즈니스맨도 마찬가지이다. 비즈니스맨은 자기 자신을 수륙양용차라고 생각하기 쉬운데 굳이 그럴 필요는 없다. 육지만을 달리는 차라도 좋다. 보전능력만은 누구에게도 지지 않을 자신이 있다면 그 길로 나아가도 좋지 않을까.

자신의 기량을 자각하자. 그리고 자신의 기량을 갈고 닦자. 그것은 누구라도 할 수 있는 것이다.

다소 딱딱한 이야기를 소개하게 되었습니다.

우리의 주변에는 자신의 처지를 비관하거나, 주변 환경을 탓하는 사람들을 흔히 볼 수 있습니다. 하지만 어려운 일이 있다고 절망하거나, 본인의 능력이 이것밖에 안 된다고 포기하지는 말아야겠습니다.

김연아 선수만큼 혹독한 훈련을 했는지? 박지성 선수처럼 지독한 노력을 했는지? 한 번 생각해 보아야겠습니다. 좀 더 노력한다면 못 해낼 일이 없습니다.

여러분은 GM 대우의 대표선수라는 자신감을 가지십시오.

2011년 1월 10일

2011년 두 번째 주가 시작되었습니다. 지난주 월요일에는 전사적으로 시무식이 있었습니다.

아카몬 사장은 무결점의 신차출시, 최고의 품질확보, 수익향상, 쉐보레 브랜드 도입 및 내수점유율 향상, 직원중시 및 능력개발의 다섯 가지를 올해 핵심과제로 결정하고 발표하였습니다.

우리 군산공장도 전 직원이 올해의 핵심과제를 이해하고 실행하는데 최고의 노력을 다하여야 하겠습니다. 군산공장의 지난주 생산량은 계획 대비 목표를 달성하고 있습니다. 품질은 아직 2011년도 목표가 제시되진 않았지만 DRR, GCR 모두 작년 연말수준보다는 나아지고 있습니다.

조립, 차체, 도장에서 발생한 라인정지도 무난히 대응하여 생산량에는 영향을 미치지 않았습니다. 프레스부에서 발생한 안전사고도 신속한 응급조치가 이루어졌다고 합니다.

또한 신차 관련하여 화요일 PQRR에서 J309 MPV7 1.8L AT MVBns과 J305 HB MY12 MVBs 등이 각각 Gate Open되어 금주에 생산될 예정입니다.

새해 첫 주부터 현장에서 열심히 일해 준 동료들께 감사와 격려의 메시지를 전달해 주시면 고맙겠습니다.

오늘은 자신의 일에 책임을 가지고 열심히 한다면 기회가 생겼을 때 더 좋은 자리에 등용될 수 있다는 이야기를 해보려 합니다.

영국의 한 왕자가 사냥을 나갔다가 길을 잃고 헤매던 중에 한 목동을 발견했습니다. 왕자는 그에게 길을 안내해 달라고 부탁했습니다.

"안 됩니다. 저는 남의 집 양을 치는 목동인데 양떼를 놔두고 길을 안내할 수 없습니다"라며 목동은 거절했습니다.

왕자는 목동이 받는 임금의 3배를 줄 터이니 안내하라고 했습니다.

"못 합니다. 돈 때문에 저를 믿고 양을 맡겨준 분을 저버릴 순 없습니다."

참다못한 왕자는 총을 겨누었습니다.

"안내하지 않으면 죽이겠다!"

한숨을 쉬면서 목동이 말했습니다.

"아무리 그러셔도 전 양들을 버리지 않을 겁니다. 그러나 말로는 안내해 드리지요. 저기 보이는 산 셋을 넘은 후에 서쪽으로 계곡을 따라 20분 정도 가면 도로가 나옵니다."

왕자가 홀로 길을 찾아가다 보니 생각할수록 목동이 괘씸했습니다.

그러나 몇 년 뒤, 왕자는 나라를 통치하는 실무를 맡게 되었을 때 한결같던 옛날의 목동이 생각났습니다.

지식과 경험이 풍부한 사람도 좋지만, 한결같은 충성심을 보이는 사람은 훨씬 드물고 귀하다고 생각한 왕자는 목동을 불러 재상으로 삼았습니다.

목동이 왕자의 제안을 받아드려 길 안내를 해 주었다면, 당장은 몇 푼의 돈을 더 벌었을지 모르지만 재상의 자리에 오르지는 못했을 거라 생각됩니다.

요즘처럼 복잡하고 급변하는 사회에서는 많은 지식을 쌓은 사람도 필요하지만 자신을 믿고 꿋꿋이 한 길을 갈 줄 아는 사람이 더욱 필요해집니다. 일관성을 가집시다!

2011년 1월 17일

2011년 세 번째 주가 시작되었습니다.

지난주에는 GM의 전기자동차 볼트가 2011년 북미 국제오토쇼 개막과 함께 '북미 올해의 차'로 선정되었다는 외신보도가 있었으며, 댄 애커슨 GM 회장과 팀 리 GMIO 사장, 아카몬 GM 대우 사장이 GM 대우의 중요성을 강조하며, 투자 지속에 대한 발표를 하였습니다.

지난주 우리 공장은 1월 13일 기준으로 차체공장 설비 문제, 결품 문제로 인하여 생산량이 목표에 미치지 못하였으나 특근 등으로 대응이 가능할 것으로 보입니다.

품질과 관련하여 DRR은 J200, J300, MPV7 모두 작년 연말 목표대비 나아지고 있으며, 조만간 올해 목표를 설정할 예정입니다.

GCA는 무난히 좋은 실적을 유지하고 있습니다. 하지만 1월 10일 차체공장의 설비 고장으로 인하여 라인정지가 발생하였으며, 미국의 폭설로 인한 부품업체의 결품으로 인한 1월 12일 특근이 취소되었으며 금요일 야간조 특근이 추가되었습니다.

향후 이런 일이 일어나지 않도록 관계직원들의 관심과 노력이 필요할 것입니다.

안전에 대하여는 3백만 시간 또는 12개월 이상 LWD 미사고 사업장, GMS core requirement 5개 항목 모두 Green인 사업장에게만 주어지는 GM H&S Award의 수상 대상사업장으로 부평1공장, 창원PT와 공동으로 선정되었습니다.

또한 신차 관련하여 지난주에 말씀드린 2개 신차의 생산이 순조롭게 시작되었으며 J308 S/Wagon의 글로벌론치 계획에 대한 워크샵이 실시 중입니다.

차주에는 MPV7 양산 기념행사와 CEO 경영현황 설명회가 계획되어 있습니다.

한 주 동안 보여주신 여러분의 노고에 감사드립니다.

한국 사람들은 '팔자'라는 말을 자주 씁니다. 더군다나 안 좋은 일에 주로 쓰이는 것 같습니다. '팔자'와 비슷한 말로 '운명'도 있습니다. 마찬가지로 좋은 뜻으로 사용되지는 않는 것 같습니다.

운명, 팔자… 정말 좋지 않은 뜻일까요?

생각을 조심하세요. 그것은 언젠가 말이 되니까.

말을 조심하세요. 그것은 언젠가 행동이 되니까.

행동을 조심하세요. 그것은 언젠가 습관이 되니까.

습관을 조심하세요. 그것은 언젠가 성격이 되니까.

성격을 조심하세요. 그것은 언젠가 운명이 되니까.

마더 테레사는 이처럼 '운명'을 결정짓는 것이 '생각'이라고 하고 있습니다.

그렇다면 생각은 어디에서 올까요? 말, 행동, 습관, 성격들은 어떻게 형성이 될까요?

근본적으로 이런 것들은 주변 환경에서 올 확률이 높습니다. 그리고 좋지 않은 주변 환경에 방어할 면역력은 어린 시기에 만들어져야 한다고 생각합니다.

직원 여러분이 자녀들의 운명을 결정짓는 첫 번째 환경입니다. 여러분 자녀들의 면역백신은 바로 여러분입니다.

2011년 1월 19일

일본의 유명한 기업인은 "품성을 통찰하는 눈을 길러라"고 했습니다.

관리직에 있는 사람 중에는 자신의 입장이 불리해지지 않도록 그저 주위만 살필 뿐, 모든 것을 부하 직원에게 맡긴 채 자신은 아무것도 하지 않는 사람이 있다.

아무 문제도 생기지 않으면 다행이지만, 문제라도 생기면 '분명히 부하 직원에게 지시했는데… 정말 면목이 없습니다'라며 책임을 회피

하기 일쑤다. 게다가 반성은커녕 천연덕스럽기까지 하니 보는 사람이 오히려 민망할 정도다.

개중에는 이런 사람도 있었다. 품의서에 도장을 찍고도, 상황이 나빠지면 "나는 품의서를 보았다는 뜻에서 도장을 찍었지. 그 취지에 찬성한 것은 아니었다"라며 전혀 모르는 체하는 것이다.

관리직에 있는 사람뿐만이 아니다. 남을 곤경에 빠뜨리고도 아무렇지도 않은 자, 자신의 실수를 남의 탓으로 돌리는 자, 유덕한 사람을 시기하거나 남에게 상처를 주기 위해 거짓말을 해 대는 자, 자신의 처사에 언제나 변명을 늘어놓는 자, 등 '뻔뻔스러운 무리'는 얼마든지 있다.

그들의 마음속은 '나만 좋으면 남이야 어찌 되든 상관없다'는 생각으로 가득 차 있다. 아니 어쩌면 '남이 잘되면 안 된다. 나만 행복해야 된다'는 망상에 빠져 있는지도 모른다.

반면, 유머가 있는 사람들은 '남의 불행은 나의 행복'이라는 밉살스런 농담을 하면서도 마음속으로는 다른 사람의 불행을 진심으로 걱정해 준다.

일류 대학을 우수한 성적으로 졸업한 사람들 중에도 뻔뻔스런 무리는 적지 않다. 좋은 환경에서 자란 사람도 마찬가지이다. 한편, 학벌은 대수롭지 않고, 가난한 가정에서 태어나 고생하며 자랐어도 인품이 훌륭한 사람은 얼마든지 있다. 또 불우한 환경에 처해 있음에도 불구하고 느낌이 좋은 사람도 있다.

도대체 이 차이는 어디에서 오는 걸까, 그것은 '품성'의 차이로 밖에 설명할 수 없을 것이다.

우리 주변에는 비록 초등학교밖에 나오지 않았지만 뛰어난 품성으로 비즈니스와 인생에서 성공한 사람들이 많이 있다.

'품성'은 천성이다. 따라서 심각하게 연구한들 소용이 없다. 출신과 내력을 조사해도 전혀 알 수 없는 것이다.

'그 사람은 왜 그런 품성을 가졌는가, 그리고 그것은 어떻게 형성되어 온 것일까?'라는 질문이 무의미한 이유는, 품성이란 인간의 속성이 아니라 '사람 그 자체' 이기 때문이다.

한 사람을 이론적으로 설명할 수 없는 것처럼 품성도 설명할 수 없다. 다만 품성에는 사람마다 '차이'가 있음을 알 뿐이다.

누군가가 존경할 만한 사람인지 아닌지는 그 사람에게서 어딘지 모르게 배어나는 분위기로 알 수 있다.

그 사람의 실적이나 지위 등을 이론적으로 생각해서 판단하는 것은 아니다. 학벌이 좋다거나 박학다식하다는 등의 이유로 인격을 평가할 수 있는 것도 아니다.

그럼 무엇일까? 결국 품성을 보고 판단하는 것은 아닐까.

리더는 부하직원들의 품성을 읽어내는 능력을 가져야 하겠습니다.

또한 본인들은 부하직원들로부터 존경 받을 수 있는 품성을 연마하고 솔선하는 태도를 갖도록 노력하여야 할 것입니다.

그것은 이전의 메시지에도 있었지만 '타인에게 폐를 끼치지 않는' 감성을 갖추는 것이 아닐까 생각해 봅니다.

2011년 1월 26일

최근에 책을 읽은 기억이 있습니까? 혹시 업무와 무관한 책은 언제 읽어 보셨습니까? 직원 여러분의 자녀들은 한 달에 책을 몇 권이나 읽고 있습니까?

오늘은 독서에 관한 일본의 한 기업인의 글을 소개하고자 합니다.

자기계발에는 책을 읽는 것이 제일이다 그래서 나는 '40세까지는 책을 읽어라'고 젊은 사원들에게 입버릇처럼 이야기한다. 먹고 마시는 하루는 즐겁다. 상사에 대한 험담이나 동료의 실패담失敗談을 안주삼아 떠드는 것도 재미있을 것이다. 그렇지만 그런 일들에 언제까지나 빠져 있어서는 안 된다. 눈 깜짝할 사이에 우리는 늙어버리기 때문이다.

그렇다면 왜 40세인가? 그때쯤이면 우리는 보통 관리직에 오르거나 육아문제 등으로 가정사가 늘어나게 된다.

즉, 비즈니스맨으로서의 제2의 무대에 오르게 되는 것이다. 그렇게 되면 공사다망해지고, 따라서 그때까지 독서를 즐겨하던 사람도 책을 읽지 않게 된다. 아니, 읽을 수 없게 된다는 표현이 맞겠다. 그리고 설령 책을 읽더라도 일과

연관된 책에 한정되어 버린다.

그러므로 그 전에 독서를 습관화해 두는 것이 좋다. 승부는 젊으면 젊을수록 유리한 법이다. 학창 시절에 책을 읽는 즐거움을 안다면 더할 나위 없겠지만, 비즈니스맨이 되어서라도 늦지는 않다.

우리가 젊었을 때, 특히 고교시절에는 삼국지를 몇 번 읽었느냐가 독서의 양을 평가하는 잣대가 되기도 하였다.

삼국지의 주인공은 물론이고 몇 번 나타났다가 전사하는 장수들 중에서 본인의 성격에 유사한 인물을 찾고 이야기하는 것으로 유식함을 뽐내기도 하였을 것이다. 그러면서 스스로의 지적 궁핍함을 생각하면 진지하게 독서를 할 수밖에 없었다.

이젠 삼국지의 자잘한 내용은 전혀 기억나지 않는다. 하긴, 읽고 있는 동안조차도 그 내용을 제대로 이해하고 있었다고는 말할 수 없다.

그러나 그러한 책들은 내 삶의 양식이 되었다. 그로 인해, 나 자신이 '인간이 되었음'은 확실하다.

자신이 알고 있는 것이 정답이라는 말이 있다. 나는 나 나름대로 삼국지의 철학을 이해하고 있었을 것이며 다른 사람들은 나름대로 다르게 이해할 수도 있을 것이다. 독서의 기본은 자유다. 어떻게 읽든, 자신의 마음에 와 닿으면 된다.

지금은 시대가 다르다. 소설이든 평론이든 불교서적이든 각자의 감성에 맞추어 무엇이든 읽으면 된다. 책을 읽음으로써 자신을 연마하는 '스타일'을 몸에 익히는 것이 중요한 것이다.

이 스타일을 한 번 익혀 두면, 아무리 바쁘더라도 시간을 내어 책과 마주하게 된다. 정보가 넘쳐나는 요즈음, 책의 정보적인 가치는 예전에 비해 감소되었다. 정보의 스피드도 새로운 미디어에는 대적하지 못한다.

다만, '정보와 친해지는 방법의 기본'은 독서를 통해서만 길러지는 것은 아닐까? 게다가 정보를 얻는 것은 독서의 많은 효용 중 일부에 지나지 않는다. 어떤 의미에서 독서는 '잠재적 효용'인 것이다.

책과의 교류를 통해 자신을 응시하고 생각하는 힘을 기른다. 세상의 구조와 인간의 본성을 헤아린다.

그리고 인생의 페이소스를 느낀다. 이것은 비즈니스맨으로 살기 위한 필수조건은 아니다. 그렇지만 이러한 것을 필요로 하지 않는 비즈니스맨의 인생이라면 과연 지속할 가치가 있는 것일까?

독서와 인연이 없는 사람은 리더와 관리직에 부적합하다. 만약 그런 사람이 리더가 되면 그 조직은 비참한 지경에 이르고 말 것이다.

그것은 책을 통한 간접경험, 세상을 먼저 산 사람들로부터의 교훈을 알지 못하게 되기 때문이다. 한 번 더 강조하건대, 젊었을 때 익힌 독서습관은 평생 독서를 즐길 수 있는 밑거름이 된다.

인터넷의 발달로 인해서 독서는 물론이고 신문에 대한 생각도 많이 달라지고 있습니다. '얼리어댑터Early Adapter'라고 해서 변화하는 트렌드에 같이하지 않으면 왕따가 되기도 합니다. 하지만 독서는 정보를 파악하고, 마음을 살찌우는 수많은 트렌드 중의 기본입니다.

일본 기업가가 "40세까지 책을 읽어라"고 한 것은 40세 이후에는 책을 읽지 않아도 된다는 말은 아닌 것 같습니다. 40세 이전에 습관을 만들고 계속되어야 하는 것이겠지요.

여러분들도 본인들의 독서는 물론, 차세대의 리더가 될 자녀들의 독서습관에도 관심을 가져야 하겠습니다.

2011년 2월 1일

성공은 어떤 사람이 하게 될까요?

능력 있는 사람? 좋은 학교를 나온 사람? 학교 성적이 좋은 사람? 인간관계가 좋은 사람?

오늘은 일본의 기업가가 쓴 직장에서의 성공에 대한 이야기 "교만한 비즈니스맨은 오래가지 못 한다"라는 글을 소개합니다.

자신이 세운 공적에 대해 기뻐하는 것은 당연하다. 오랜 노력 끝에 얻은 열매라면 더욱 그렇다. 그러나 그럴 때 노골적으로 기뻐 날뛰는 비즈니스맨에겐 미래가 없다. 대저 '혼자만의 힘'으로 이루어 낸 일이랑 그다지 대수롭지 않음이 분명하다. 또 모두의 협력으로 이루어 낸 큰 성공이라면 모든 협력자와 함께 기뻐해야 한다.

내가 없었다면, 내 아이디어가 없었다면, 내가 열심히 하지 않았다면… 이런 식으로 자신의 존재와 능력을 과대평가하기 시작하면 이미 그 사람에게 발전이란 없다.

뛰어난 실력으로 좋은 성과를 많이 거둔 비즈니스맨일수록 이런 '자만심'에 빠지면 사람이 변해버린다. 동료를 깔보고 상사를 업신여기다가 결국은 유아독존의 경지에 빠지고 마는데, 이렇게 되면 구제불능이다

심지어 그는 '손님이 있기 때문에 비즈니스맨이 있다'는 사실조차 잊어버린다.

손님에게 좋은 물건, 좋은 서비스를 제공하는 것은 비즈니스맨의 기본이다. 편리함과 쾌적함을 추구하는 손님의 마음이 있었기에 비즈니스는 발전해 왔다.

좀 더 과장해서 말하면, '비즈니스맨의 문명'의 시작에는 이러한 겸허한 마음이 둥지를 틀고 있는 것이다.

그것을 잊어버린다면 비즈니스 세계는 더 이상 존재할 이유가 없다.

또 '운'이 따르지 않으면 비즈니스에서의 성공은 있을 수 없다. 치밀한 계획을 세웠다고 해서 반드시 성공하는 것은 아니다.

성공을 하기 위해서는 얼마간의 운이 필요하다. 모든 것이 필연인 것처럼 보이지만, 우연의 요소는 반드시 있다. 그 점에서도 비즈니스맨은 겸허하지 않으면 안 된다.

성공은 우연의 산물에 지나지 않는다고 생각하라. 그래야만 다음 일에 착수할 때에도 자만심을 가지지 않게 되어 신중을 기할 수 있게 된다.

계산대로만 하면 반드시 성공한다는 지나친 자부심을 가지면, 쓰라린 실패를 맛볼 확률을 높일 뿐이다.

성공은 자기 혼자만의 힘으로 이루어지는 것이 아님을 알 때에, 자신을 둘러싼 비즈니스 환경은 더욱 좋아진다. 자신은 함께 고생한 동료에게 신뢰감을 갖게 되고, 그럼으로써 동료도 이 사람을 위해서라면 열심히 해야지 하는 생각을 갖게 되기 때문이다. 그 가치는 이루 짐작할 수 없을 것이다.

한편, 교만한 성공자로 보인다면 어떻게 될까? 주위 사람들은 협력은커녕 오히려 방해하려 들 것이고, 그렇게까지는 하지 않더라도 시기하게 될 것이다. 그러한 부정적인 시각을 받게 되면 일을 시작하기도 전에 상당한 에너지를 낭비하게 된다. 힘을 다 써버린 후 일을 잘 해낼 리는 만무하다.

나는 누계 적자에 고심하던 회사를 10년 만에 상장회사로 만들 수 있었다. 그것은 나를 믿고 지원해 준 사원과 모회사의 사장님 덕분임을 한시도 잊은 적이 없다.

또 운이 따라준 덕분이기도 하다. 나는 언제까지나 이 '감사함의 마음'을 소중히 여기고 싶다.

우리 주변에서 업무를 잘해서 좋은 성과를 낸 직원을 볼 수 있습니다.

그러한 성과가 지속되기 위해서는 상사, 동료. 부하직원들의 적극적인 지원이 있어야 할 것입니다.

한 번의 성공으로 자만심을 가지고 자신의 '공'만 인정해달라고 한다면, 주변의 지원군들이 하나하나 떨어져 나갈 것입니다.

혼자 일하는 사람은 한 번의 성공으로 끝나지만, 동료들과 함께 일하는 사람은 지속적인 성공이 있을 것입니다. 비즈니스 환경에서의 일은 '개인이 하는 것이 아니라 조직이 하는 것'이기 때문입니다.

2011년 2월 9일

군산공장 임직원 여러분!

이미 인사소식을 접하신 분들이 계실 것이라 생각됩니다만, 제가 겸직하고 있던 군산 Site Manager직을 조연수 전무가 맡게 될 것입니다. 저는 후임자에게 업무를 인계하기 위하여 금주 말까지 군산공장 업무를 수행할 것입니다.

작년 12월 1일자로 발령을 받은 이후 군산공장의 긍정적 변화를 위하여 많은 노력을 하였다고 생각합니다.

부평공장과 군산공장을 오가면서 몸은 힘들더라도 조금씩 보이는 변화의 모습에 힘이 나곤 하였습니다.

군산공장의 장기적인 미래를 위한 경쟁력 있는 공장, 직원들의 자부심을 갖게 하고자 하는 노력이 짧은 기간에 이루어질 수 있는 것은 아니겠으나 나름대로 최선을 다했다고 생각합니다.

임직원들과 함께 한 2011년도 신년하례식, 아카몬 사장님의 올란도 양산기념식, 경영현황 설명회 등의 행사는 물론이고, BPD모범사원 시상, 군산공장 자체 경영현황 설명회, 신차와 관련된 품질활동 등이 기억에 남습니다.

이러한 행사와 활동에 관심을 가져주시고 참여를 해주신 임직원 여러분의 정성에 메일로나마 감사드립니다.

제가 군산공장의 임직원들과 소통하기 위한 방법으로 시작했던 메일도 이렇게 끝을 맺어야 할 것 같습니다. 반성의 메시지가 많았던 것 같습니다.

여러분들과 이렇게 메일을 주고받은 것을 계기로, 회사의 발전을 위한 아이디어나 제게 해주실 말씀이 있으면 언제든지 메일로 보내주시기 바랍니다.

올해 군산공장은 새로운 도전의 기회를 가지게 되었습니다.

후임으로 부임하는 조연수 전무의 리더십과 임직원 여러분의 협력으로 GM에서 일류가 되는 공장으로 발전되기를 기원합니다.

직원 여러분의 건강과 안전, 직원 가족 분들의 행복과 화목을 항상 기도 드리겠습니다.

거절의 미학美學

　　TV나 인터넷을 통해 뉴스를 접하면 참으로 실망스러울 때가 많다. 고위공직자, 대기업 회장, 변호사나 의사 등 사회지도층의 많은 사람들이 각종 비리에 얽혀 있기 때문이다.

　　2012년 기준으로 세계 15위의 경제대국인 우리나라의 국가청렴도는 39위라는 사실이 이를 대변하고 있으니 참으로 암담한 현실이라 하겠다.

　　'도고일척 마고일장道高一尺 魔高一丈', 도가 한 치 높아지면 마는 한 장이 높아진다는 말처럼 지위가 높아지면 그만큼 유혹도 많아진다. 문제는 그 유혹을 뿌리치지 못하는 것이다.

　　나 역시 직위가 오르고 책임이 커지다 보니 이런 저런 청탁을 해오는 사람이 적지 않다. 하지만 그들의 부탁을 전부 들어줄 수는 없는 일이다. 그렇다면 결국 거절을 해야 하는데 이 또한 만만찮다.

'No!'라고 하며 단번에 내친다면 상대가 상처를 입을 것이고 나아가 원한을 품을 수도 있다.

노사협력부장으로서 수많은 농성 현장을 보았고, 그 가운데 있었으며, 양측의 피해를 최소화하고자 노력한 경험이 있기에 나는 어떤 부분을 수용하고, 어떤 부분을 거절해야 할지 신속한 판단을 내릴 수 있었고, 그로 인해 어느 정도 테크닉도 익히게 된 듯싶다.

거절의 테크닉에서 가장 중요한 것은 '말'이다. '아' 다르고 '어' 다르다는 말처럼 같은 내용이라도 표현에 따라 느낌이 달라지니 말조심을 해야 한다.

하긴 모든 화禍의 근원은 말, 즉 입에서 비롯되는 것이니 부처는 입을 깨끗이 하여 업業을 씻고자 정구업진언淨口業眞言을 외우라고 하지 않았던가?

그러나 사람이 살아가면서 늘 좋은 말만 하고 살 수는 없다. 수양이 깊은 사람이라면 마음을 다스려 남에게 상처를 주는 말이나 욕은 하지 않을 수는 있지만, 그렇다고 해서 모든 일에 'Yes'를 하며 살 수는 없는 것이다.

Yes가 아니라면 결국 No를 할 수밖에 없다. 이는 결국 상대의 부탁이나 요청을 거절한다는 것이다. 하지만 상대와의 관계를 고려할 때 딱 잘라 거절하기란 결코 쉽지 않다.

입장을 바꿔 내가 부탁을 하는 입장이 되었다고 생각해 보자. 자존심을 최대한 굽히고 어렵사리 부탁을 했는데 거절을 당했다면 어떨까?

실제로 어떤 이는 거절을 당하고 상대를 죽이고 싶은 심정이 들었다고도 한다. 그만큼 마음에 상처를 크게 받았다는 얘기다. 간혹 거절당한 것을 계기로 상대와 더욱 친해졌다거나 아니면 자극을 받아 성공을 이룬 경우도 있지만, 무척이나 드문 케이스라고 할 수 있다.

거절은 무척 힘든 일이다. 자칫하면 욕을 먹을 수도 있고, 오랜 우정이 깨질 수도 있다. 하지만 거절을 하지 않고 살 수는 없다.

만약 거절을 하지 않고 산다면 우리는 적어도 수십 명의 보증을 서 주어야 할 것이며, 집에는 별 필요도 없는 온갖 물건이 넘쳐날 것이다. 또한 동료들의 일까지 도맡아 해야 하기에 제 시간에 퇴근할 수도 없을 것이다.

결국 개인의 생활은 없어질 것이며, 지갑은 텅 비고 나아가 자칫하면 파산지경에 이를 수도 있다.

따라서 우리가 살아가면서 썩 내키지 않더라도 Yes를 할 경우가 있듯, 반대로 다소 안쓰럽더라도 No를 해야 할 경우가 있는 것이다.

그런데 'No!'라고 말을 함으로써 모든 인간관계가 깨진다면 어쩔 것인가? 인간관계 역시 소중한 재산이다. 그리고 언젠가는 입장이 바뀌어 내가 상대에게 어려운 부탁을 할지도 모른다.

그러므로 상대의 부탁을 거절하되 기분을 상하지 않게 만드는 요령이 필요한 것이다. 이를 바꿔 말하면 현명하게 그리고 쿨하게 거절하는 것만이 스스로 살 길을 마련하는 것이라고 할 수 있다.

'동냥은 하지는 못할망정 쪽박을 깨뜨려서는 안 된다'는 말처럼, 거절을 하더라도 기왕이면 상대의 기분이 덜 상하도록 하는 배려와 기술이 필요한 것이다.

무엇보다 상대의 저항감을 없애면서 부드럽게 거절을 하는 것이 최상의 방법인데, 그 가운데 한 가지가 바로 심리적心理的 거리를 두는 것이다.

심리적 거리는 물리적 거리와는 전혀 다르다. 아무리 몸이 가까이 있더라도 심리적 거리는 멀게 만들 수 있으며, 말에 따라 얼마든지 조절이 가능하다.

유창한 말솜씨가 있다면 좋겠지만, 그렇지 못한 경우라면 상대에게 반드시 존댓말을 쓰도록 하라. 이 방법을 사용하면 상대와의 사이에 보이지 않는 벽을 쌓아 심리적 거리를 두는 데 상당한 효과를 볼 수 있다.

이와 함께 상대에게도 거절을 수용하려는 마음의 태세를 만들어 주는 것이 필요하다.

부탁을 하는 사람은 희망적 요소와 함께 절망적 요소를 함께 지니고 있다. 즉 '아마도 내 부탁을 들어 줄 거야'라는 희망과 '어쩌면 거절할 수도 있어'라는 생각을 동시에 지니고 있는 것이다.

따라서 상대의 부정적인 생각을 스스로 꺼내도록 유도하여 '혹시나' 하는 마음으로 부탁했지만 '역시나' 였음을 깨닫도록 해주어야 한다.

이럴 때는 "섭섭하게 들릴지 몰라도 신중히 생각해서 내린 결정인데……"라거나 "자네 말은 맞지만 지금 회사 사정이나 국제경제가 워낙 좋지 않아서 말이야"처럼 흔히 쓰이는 의례적인 말이 상당한 효과를 볼 수 있다.

누구나 겪는 문제를 빗댄 틀에 박힌 말은 부탁을 하는 이의 의욕을 감퇴시켜 집요함을 발휘하지 못하도록 만든다.

또한 비록 거절을 당하더라도 '저 친구도 나와 비슷한 처지로군. 하긴 사람 사는 게 다 그렇겠지'라며 한발 물러서도록 만들면서도 스스로 약간의 위안을 얻도록 만드는 효과를 내기도 한다.

그러나 거절을 하면서 미적지근한 태도를 가진다면 상대가 섣부른 희망을 가질 수도 있고, 재차 부탁을 해오는 곤란한 일을 겪을 수도 있다.

이 같은 일이 생기지 않도록 하려면 단호한 태도를 보여야 한다. 하지만 이렇게 하면 자칫 상대의 기분을 상하게 할 수 있으므로, 역시 약간의 테크닉이 필요하다.

비록 거절을 당하는 순간은 기분이 상할 수 있을 지라도, 돌아서서 곰곰 생각해 보면 상대가 비록 도와주지는 못하지만 자신을 충분히 이해하고 있으며, 입장을 바꿔 놓고 생각하면 자신도 그럴 수밖에 없으리라는 마음을 갖도록 하는 것이다.

이를 위해서는 상대와 입장을 바꿔 생각해 보고 그 입장을 충분히 이해하는 역지사지易地思之의 마음과 함께 자신의 입장을 충분히 납득시켜 공감대共感帶를 형성하도록 해야 한다.

즉 심리학적으로 동일화同一化를 이루는 것인데, 거절 역시 설득의 한 가지 형태라는 점을 인식하고 성의와 배려를 보인다면 무난히 이룰 수 있다.

이를 위해서는 상황을 정확히 파악하여 누구나 알아들을 수 있게끔 쉬우면서도 보편적인 말을 찾아내는 순발력이 필요하다.

예를 들면, 책을 빌리러 온 사람에게는 "책은 빌려주는 사람도 바보, 빌린 책을 돌려주는 사람도 바보라고 하지 않던가? 나는 바보가 되기 싫고, 자네를 바보로 만들기도 싫네. 그래서 빌려줄 수 없네"라고 하고, 돈을 꾸러 온 사람에게는 "친한 사이일수록 금전 거래를 하지 않는 법이라고 했지 않나? 돈도 잃고 사람도 잃을 수 있으니까"라고 하는 것이다.

이렇게 둘러댄다면, 상대는 스스로 일반론에 자신을 대입하여 수긍하고 순순히 물러설 것이다.

흔히 상대의 부탁을 거절하는 방법 가운데 가장 흔하고 쉬운 방법이 핑계를 대는 것이라고 생각하기 쉽다. 하지만 이는 크나큰 오산이다. 그 핑계가 정말 그럴듯하지 않다면 말이다.

핑계는 곤란을 모면하기 위해 순간적으로 떠올리는 경우가 많다. 그런 만큼 논리가 서 있지 않은 까닭에 가벼운 반격에도 쉽게 무너질 수 있기 때문이다.

노련한 세일즈맨은 자신이 팔고자 하는 상품을 힐끗 살펴보고서 '지금은 바빠서···'라거나 '사고 싶지만, 여유가 없어서···'라는 눈에 보이는 핑계를 대는 상대가 가장 공략하기 쉽다고 한다.

그것은 많은 경험과 날카로운 눈으로 거절하는 상대의 핑계 뒤에 숨은 욕망을 한눈에 파악하는 때문이며, 핑계는 즉흥적인 것임에 반해 세일즈맨의 제품에 대한 설명이나 필요성의 강조 등은 미리 준비된 것이기 때문이다.

오히려 한 마디로 딱 잘라서 '싫다'거나 '필요 없다'고 하는 사람이 훨씬 공략이 어렵다고 하는데, 그것은 이미 심리적 거리를 정해 두고 더 이상의 침범을 허용하지 않으려는 굳은 의지를 보이기 때문이라고 한다.

따라서 거절을 할 때 즉흥적인 핑계를 대는 것은 오히려 상대에게 약점을 잡힐 수도 있으니 주의해야 한다. 아주 그럴 듯한 핑계가 생각나지 않는다면 앞서 말한 것처럼 일반적인 이야기를 하는 편이 훨씬 낫다.

작은 틈을 공략하라

고등학교 시절 관람한 영화 중에 2차대전 때 독일에 맞서 싸우는 연합군 특공대의 활약을 그린 『나바론 2Force 10 from Navarone』가 기억난다.

특공대는 독일과 동맹국 이탈리아를 잇는 교량을 폭파하는 것이 임무이다. 하지만 다리는 경비가 삼엄하고, 폭탄 또한 충분하지 않다. 궁리 끝에 특공대는 교량 상류에 있는 댐을 폭파하기로 한다.

"이 정도 폭탄으로 댐이 폭파될까?"라는 지휘관의 물음에 폭파 기술자는 "당연히 안 되지요. 자연의 힘을 믿을 수밖에요"라는 알쏭달쏭한 답을 한다.

쾅-!

정확한 시각에 굉음轟音을 내며 폭탄은 터졌지만 결과는 실망스러웠다. 댐에 아주 작은 구멍만 냈을 뿐이다.

그러나 물의 힘은 무서웠다. 댐은 엄청난 수압을 이기지 못하고 곧 붕괴되었고, 댐을 벗어난 물은 하류에 있는 다리까지 무너뜨린다.

'수적천석水滴穿石', 물방울이 바위를 뚫듯 아무리 철옹성처럼 단단한 벽이라도 작은 균열龜裂 하나로 무너뜨릴 수 있는 것이다.

이 같은 방법을 거절의 기술로 사용할 수도 있다. 세일즈맨이 파는 물건의 단점도 좋고, 누구나 인정하는 현재의 상황 또는 상대의 말 가운데 스스로 인정한 약점 등을 십분 이용하는 것이다.

"값이 조금 비싸긴 해도 품질은 비교가 안 됩니다"라는 세일즈맨의 말에 '그래요. 품질은 정말 좋군요. 하지만 값이 너무 비싸서……'라면서 스스로가 인정한 약점을 공략하는 것이다.

또한 '바쁜 줄은 알지만, 이것 좀 해주게'라고 부탁하는 동료에게는 '미안하네. 내가 정말 바빠서 말이야'하는 식으로 거절을 한다.

설혹 상대가 다른 반론을 내세우더라도 계속 그 부분을 강조하면 결국 자신이 먼저 밝힌 약점을 인정할 수밖에 없게 된다.

하지만 상대의 기분을 상하게 한다면 좋지 않다. 그러므로 거절당한 상대가 자신은 능력이 있고 잘못이 없지만 상황이 그랬다는 식의 자기합리화를 할 수 있는 여지를 주어야 한다.

이를 잘 이용한다면 역시 쉽게 거절할 수 있고, 거절당한 상대에게도 만족감을 줄 수 있다.

거절을 당한 사람이 만족감을 느끼게 한다는 것은 상당히 모순된 말처럼 들린다. 아마 '만족 대신 후회를 느끼지 않도록 한다'면 어느 정도 이해가 갈 것이다.

예를 들면, 상대로 하여금 하고 싶은 말을 전부 쏟아내도록 함으로써 '할 바를 다했다'는 마음을 갖도록 하는 것이다. 상대가 이야기하는 도중에 '흠, 그렇군'이라며 간간이 맞장구를 치거나 또는 심각한 표정으로 '쯧쯧-!'하는 식으로 상대의 처지를 긍정한다는 표현을 하면 더욱 좋다.

다만 그 자리에서 어떤 결정을 내리려 해서는 안 된다. 다시 말해서 명확한 거절의 의사를 밝히는 것은 절대 피해야 한다. 서로 잠시 생각할 여유를 가진 다음 연락하기로 하고, 자리를 벗어나도록 해야 한다.

그리고 어느 정도 시간이 흐른 뒤에 거절 의사를 밝힌다. 그러면 스스로 최선을 다했다고 여기는 상대는, 자신의 문제가 아니라 이야기를 들은 이에게 문제가 있다는 식의 자기합리화自己合理化를 하게 된다.

즉 거절을 당한 것이 자신이 부족한 때문이 아니라 상대에게 문제가 있는 것이라고 생각하여 비교적 마음이 덜 상하게 되는 것이다.

거절을 미학의 경지까지 끌어 올리려면 반드시 지켜야 할 철칙이 있다. 절대 Yes라는 말을 하지 않는 것이다.

Yes는 긍정이고, No는 부정이다. 설령 본론과 관계없는 질문이라 할지라도 YES라는 긍정적인 말을 사용한다면 일단 한풀 꺾이고 들어가는 것이라 할 수 있다.

따라서 효과적인 거절을 하기 위해서는 절대 Yes라는 단어를 입에 올려서는 안 된다. 그밖에 긍정적인 말 역시 피해야 한다.

'오늘 날씨가 좋지요?'라는 일상적인 질문에라도 '네, 그렇군요'라고 대답을 한다면, 이미 상대의 작전에 휘말린 것이기에 빠져나오기 힘들게 된다.

그렇다고 돌처럼 입을 다물고 있을 수만은 없는 일. 이럴 때는 상대의 의견과 어긋나는 대답을 하는 것이 좋다.

'날씨가 좋지요?'라는 물음에 '일기예보를 보니 저녁에 비가 온다고 하네요'라거나, 이어폰을 꼽고 있는 당신에게 '음악을 좋아하시나 보죠?'라고 묻는다면 '외국어 공부를 하는 중입니다'라고 답하면 상대는 말문이 막히게 된다.

대화란 서로 간의 마음에 다리橋를 놓는 것이라 할 수 있는데, 애초에 다리를 건설하지 못하도록 함으로써 거절의 기반을 마련하는 수법을 사용하는 것이라 할 수 있다.

다만 이 같은 방법은 야비하다는 느낌을 줄 수 있는 만큼 남발해서는 안 된다. 그리고 상대와 대화의 맥을 끊기 위해 유효적절한 말을 사용해야 하기에 재빠른 상황 판단과 함께 상당한 순발력과 어휘력이 요구되므로 결코 쉽다고 할 수는 없는 방법이다.

칭찬은 고래도 춤추게 한다

누군가와 서로 칭찬을 주고받는다면 점점 감정이 고조되어 자기만족이나 현실도피의 경향이 강해져, 상대가 바로 나이고, 자신은 곧 상대라는 자폐적自閉的 우정 상태에 몰입하게 되기 쉽다.

따라서 이러한 현상을 의식적으로 조성하면 문제의 본질을 흐려 버리고 상대의 부탁을 손쉽게 거절할 수 있다. 이는 또한 Yes를 얻어낼 때도 마찬가지로 활용될 수 있다.

예를 들어, '그런 것까지 기억하는 것을 보니 머리가 무척 좋군요'라거나 '이성異性에게 인기가 많겠네요'라는 식의 본질에서 벗어난 이야기로 상대를 추켜세우는 것이다.

칭찬을 하면 상대도 어쩔 수 없이 의례적인 답변을 하게 되고, 그에 대한 답변을 듣고 또 칭찬으로 응수한다면 말이 오가는 중에 설득자와 피설득자라는 구분이 모호해진다.

결국 상대는 자신이 설득하고자 하는 이와 동화되어 심정을 이해하게 되므로, 거절을 당하더라도 상대는 인지의 불협화를 일으키지 않을 수 있다.

유명한 강사인 당신에게 청탁이 왔다고 하자. 그런데 강연의 내용과 시간, 청중의 수준, 강연료 등을 꼼꼼하게 따져 본 결과, 탐탁하지 않다고 여겨지지만 쉽게 거절할 명분이 없다면 어떻게 할 것인가?

가장 좋은 방법은 거절을 하되 대안을 제시하는 것이다.

"제게 부탁을 해주셔서 영광입니다-상대를 추켜세운다-만 좀체 사정이 허락하지 않는군요. 아마도 A씨(대안을 제시한다)라면 그런 주제의 강연에는 저보다 훨씬 나을 겁니다."

이런 식의 거절은 최소한 3가지 효과를 볼 수 있다.

첫째, 거절을 한 뒤에 곧바로 보상報償을 함으로써 상대의 불만을 최소화하는 동시에 관심을 돌릴 수 있다.

둘째, 차갑게 거절하는 것이 아니라 상대의 입장을 고려하므로 협력적이고 성의가 있다는 느낌을 줄 수 있다.

셋째, 대안까지 제시하며 거절을 할 만큼 사정이 여의치 않다는 사실을 은연중에 납득시킬 수 있다.

단 여기도 문제는 있다. 대안이나 대역이 자신보다 훨씬 못한 경우라면 상대의 불만도 배로 증가할 수 있음을 명심해야 한다.

무엇보다 표현은 부드러워야 하며 상대가 납득하여 스스로를 위로할 수 있는 여지를 남겨야 한다.

선을 본 상대가 마음에 들지 않았다면 '내 타입이 아니다'라는 식의 직접적인 표현보다는 '제게는 너무 과분해서…'라는 부드러운 표현을 사용하여, 상대의 자존심을 세워줌으로써 불쾌감을 최소화하고 스스로 단념하도록 만드는 것이다.

나는 노조와의 대립이 가장 심할 때 노사협력부장으로 적지 않은 고생을 했고, 임원이 된 지금도 여전히 노사 문제로 골머리를 앓고 있다.

노조의 저항도 예전에는 기업별이었지만 앞으로는 산업별이 된다고 하니 더욱 조직적이 될 것이다.

실상 노사 관계는 영원히 해결할 수 없는 숙제나 다름없다. 서로의 입장이 다르기 때문이다. 노조는 '우리의 요구를 들어 주지 않으면 파업을 단행하겠다'고 주장하고, 회사는 '그런 터무니없는 요구를 절대 수락할 수 없다'며 맞선다.

그러나 서로의 입장만 생각하고 주장만 내세우면 협상은 이뤄지지 못하고, 사태는 파국으로 치닫게 될 것이 당연하다.

만약 경영주가 현명하다면 "노조의 요구사항을 꼼꼼히 살펴보았네. 맞는 이야기가 많더군. 그런데 전부를 수용하자니 어려운 점이 많아. 자네들은 일선에 있는 만큼 누구보다 동종업계의 동향이나 회사 사정을 잘 알고 있을 테니 그 요구를 최대한 실행할 수 있는 방법을 찾아서 알려 주게"라고 대처할 것이다.

이렇게 되면 노조도 회사에서 수용할 수 있는 정도로 요구사항을 수

정·완화하지 않을 수 없게 된다. 결국 자신들도 문제점을 인정하고, 재협상을 시도하려 하거나 아니면 한결 완화된 조건을 내세우게 되는 것이다.

이는 답이 없는 문제를 낸 출제자 본인으로 하여금 답을 말하도록 하는 고도의 책략을 씀으로써, 상대에게 모든 책임을 전가시키고 협상의 유리한 고지를 차지하는 테크닉이라 할 수 있다.

이와는 반대로 어떤 안건에 대한 반대 의견을 관철시켜야 하는 경우도 있다. 이럴 때 책임자를 만나야 한다면 자신 외에 두 사람을 동석시키는 것이 좋다.

인선人選의 조건은 책임자와 사이가 나쁘지 않을 것, 그리고 두 사람은 서로의 의견이 달라야 한다는 것이다.

책임자와 함께 한 자리에서 자신은 이야기를 하지 않고 찬성과 반대의 의견을 가진 두 사람에게 토론을 시킨다.

"그 문제는 아무리 생각해도 가능성이 없어. 경쟁사인 H사가 선점하고 있거든."

"골키퍼 있다고 골이 안 들어가나? 물론 처음에는 알력이 있겠지만 계속 밀고 나간다면 충분히 승산이 있어."

갑론을박甲論乙駁이 끝나갈 즈음, 당신은 "아무래도 무리일 것 같군요"라며 슬쩍 반대하는 쪽의 손을 들어 주는 발언을 하면, 두 토론자의 논리에 상관없이 책임자는 절로 고개를 끄덕이게 될 것이다.

이는 자신의 의견을 직접적으로 표현하지 않으면서, 객관적인 입장에서 토론한 결과를 반대하는 쪽으로 몰아가는 방법이다. 책임자 또한 대다수가 반대의 의견을 가졌다고 생각하게 되어, 그 결과를 자연스럽게 받아들이게 된다.

미국의 정신의학자 엘버트 E. 세플렌 박사는 "긴장한 태도와 진지한 모습을 번갈아 보이게 되면, 상대는 예기치 않은 보디랭기지Body Language로 인해 혼란을 일으킨다. 즉 상황과 조화되지 않는 보디랭기지는 상대가 해석을 하지 못하며, 이질감異質感을 주어 당혹스럽게 만든다"고 한다.

이 같은 경우는 정치인들에게서 흔히 볼 수 있다. 아무리 상대가 격렬하게 몰아쳐도 느긋한 자세로 앉아 있거나, 또는 '기억이 나지 않는다'는 식의 짧은 대답으로 허탈하게 만드는 것이다.

반대의 경우도 있다. 별것 아닌 사안事案임에도 무척 중대한 결정을 해야 하는 듯 준엄한 모습을 보이기도 하는 것이다. 그것이 배운 것인지 아니면 타고난 것인지는 모르지만.

군산공장 책임자 시절 2011. 1. 올란도 양산 기념식

노조위원장과 지부장 현장 순회

조직이나 사회의 구성원 간에는 무엇보다 신뢰가 필요하다.
상대가 의심한다면 백 마디를 해도 소용없지만,
신뢰가 바탕이 되면 한 마디로 끝날 수 있다.
또한 서로 소통이 원만히 이뤄진다면 신뢰가 쌓일수 있다.
이처럼 신뢰와 소통은 동전의 양면과 같은 것이며,
성공을 이끌어내는 키워드라 할 수 있다.

사장님과 현장 순회 후 직원 간담회

나는 직원일 때는 성실함으로,
　　　간부가 되어서는 인내심을 발휘한 설득으로
소통을 이뤄내 상사와 직원들에게
　　　　　신뢰를 얻을 수 있었다.

경영현황 설명회 및 사업계획 필달 결의대회

2011.01.26. 군산사이트

군산공장에서 책임자로 근무할 때는
인터넷 이메일을 이용해 소통을 이루고자 하였으며,
이 소통방법은 나름의 성과를 보았다.

Chapter **3**

소통과
희망으로
세상을
바꾼다

"내가 알고 있는 최대의 비극은 많은 사람들이 자기가 진정으로
하고 싶은 일이 무엇인지 알지 못하고 있다는 것이다."

— 데일 카네기Dale Carnegie

미드필더
경영자의 삶

답설야중거踏雪野中去 부수호난행不須胡亂行

금일아행적今日我行跡 수작후인정遂作後人程

눈 덮인 들판를 밟고 갈 때도 발걸음을 어지럽게 하지 말라.

오늘 내가 걸어간 발자취가 반드시 뒷사람의 이정표가 될 것이리라.

조선의 명승 서산대사西山大師(1520~1604)의 시는, 선배의 태도가 얼마나 중요한지를 일깨워 준다. 윗물이 맑아야 아랫물도 맑은 법 아닌가.

회사 임원으로서 직원들을 관리하는 입장인 만큼 무엇이든 솔선수범하고 모범을 보여야지 그렇지 않으면 제대로 다룰 수 없다는 것을 깨달았다.

그래서 나는 오랜 습관이기도 하지만 오전 7시면 어김없이 출근을 한다. 정식 출근시간은 8시임에도.

커피 한 잔을 마시며 인터넷이나 신문을 보며 업계 동향을 파악하고, 전날 준비한 서류를 다시 체크한다. 이렇게 하면 남보다 훨씬 여유로운 하루를 시작할 수 있다. 앞서 소개한 서산대사의 시를 나름대로 실천한 것이다.

조립2부서장 시절 직원은 1,000명이 넘었다. 하지만 특별한 관리 테크닉은 없었다.

출퇴근을 비롯해서 모든 일에 솔선수범을 하고, 직원들의 경조사에는 빠짐없이 참석한다. 그리고 가능한 한 시간을 내어 그들의 이야기를 들어 주는 것이 전부이다. 일상 속에서 '관계'를 만들고, '신뢰'를 쌓아 원활한 '소통'을 이루는 것이다.

신입 직원을 뽑을 때는 성실함을 최우선으로 보고 다음에는 조직과 화합할 수 있는지를 본다. 자동차 조립이라지만 각 공정은 단순노동이니 별다른 기술이 필요하지 않기 때문이다.

이러한 것이 특별한 테크닉을 필요로 하지는 않는다. 다만 오랜 세월과 부단한 노력이 필요할 뿐이다. 하지만 단체나 조직을 이끌고 결속을 다지는 가장 큰 힘이 될 수 있다.

"기업의 역량은 팀워크로 판단할 수 있다. 각 개인의 능력과 각 부서의 힘이 아무리 뛰어나다 하더라도 팀워크가 강하지 않으면 회사는 발전할 수 없다. 그것을 알고 있는 경영자는 어떻게 하면 혼연일체渾然一體된 팀워크를 기를 수 있는지를 생각한다.”

일본의 경영학자이자 UCLA 교수인 아오키 마사오青木正直가 말한 바와 같이 ‘회사는 일종의 조직 플레이를 하여 이윤을 창출하는 단체’같다고 해도 틀리지는 않을 것이다.

나는 축구부 주장을 할 때도 언제나 화합을 바탕으로 조직 플레이를 강조했다. 잘하는 선수는 칭찬을 하고, 조금 떨어지는 선수는 격려를 하여 조직력을 키웠다.

이러한 경험과 신념은 기업인이 되어서도 마찬가지였고, 또한 그대로 적용하니 크게 어긋나는 일 없었다. 사람 사는 곳은 어디나 마찬가지인 듯 하다.

2011년 ‘GM 대우’는 사명을 ‘한국 GM’으로 바꾸었고, 2012년 나는 한국 GM의 부사장이 되었다. 축구선수로 입사하여, 노사분규, 회사의 워크아웃 등 온갖 일을 겪으면서 내국인으로서는 최고의 자리까지 오른 것이다.

불세출의 영화감독으로 일컬어지는 스웨덴 출신의 잉마르 베리만 Ernst Ingmar Bergman(1918~2007)이 “나이가 든다는 것은 등산하는 것과 같다. 오르면 오를수록 숨은 차지만, 시야는 점점 넓어진다”라고 했듯, 조직을 이끄는 위치가 되니 시각도 많이 달라졌다.

과거에는 주어진 임무를 수행하면 되었지만, 이제부터는 스스로 문제를 제시하고 때로는 난관의 해결책을 마련해야 했다. 조직을 이끄는 세컨드 리더Second Leader로서 리더십을 갖추고 비전을 제시하는 한편 미래를 위한 인재 양성이 중요하다는 사실을 알게 된 것이다.

이 가운데 미래를 위한 비전 제시와 인재 양성은 회사의 지원이 필요하지만, 리더십은 나 스스로 갖춰야 할 덕목이었다.

1980년대 초, 중국 지도자 덩샤오핑鄧小平이 신일본제철을 방문했다.

"포항제철 같은 철강회사를 갖고 싶으니 도움을 주시오."

그의 물음에 이나야마 요시히로稲山嘉寬 회장이 답했다.

"불가능합니다."

"왜요? 우리 중국은 물자도 풍부하고 수많은 인력이 있소."

"소용없습니다. 중국의 인구가 아무리 많다 하나 한국 포스코POSCO의 박태준이 없기 때문입니다."

이처럼 그룹에서 CEO를 비롯한 고위급 임원들의 역할은 극히 중요하다. 때로는 개인이 그룹 전체를 대표하기 때문이다. 따라서 CEO나 고위급 임원은 리더십이 있어야 한다.

내가 닉 라일리 사장을 좋아했던 것도 그의 부담스럽지 않은 스킨십 리더십 때문이 아니던가. 그렇다. 개인이 아무리 뛰어나더라도 수많은 직원들을 이끄는 리더십이 없다면 진가眞價를 제대로 발휘할 수 없다.

사원에서 과장으로, 또 과장에서 차장, 부장으로 승진하며 보다 훌륭한 직원이 되고자,　또 부족함을 메우고자 자기계발을 위해 노력했지만, 중학교와 대학교에서 배우는 바가 다르듯 리더가 갖춰야 할 덕목은 또 달랐다. 역시 공부는 끝이 없고, 인간은 죽을 때까지 배워야 하는 존재임을 알 수 있었다.

　나는 축구선수 시절의 미드필더 포지션을 생각하며, 경기의 흐름을 중간에서 원활하게 이끌듯이 경영에 있어서의 원활한 소통이 나의 역할이라고 생각해왔다. 그리고 5대 대기업 CEO 들의 리더십은 물론 세계 유명한 CEO들의 리더십을 숙지하며 나만의 리더십을 가져야겠다고 생각해왔다.

경영 혁신과
리더십

리더십Leadership이란 무리를 다스리거나 이끌어 가는 지도자로서의 능력을 말한다. 21세기는 경영혁신시대로 사회 각계각층에서 필요한 리더십을 가진 우수한 리더를 요구하고 있다.

미국 신시내티대학 총장을 역임한 위렌 베니스Warren Bennis 교수는 자신의 저서 『리더스온리더십Leader's on Leadership』에서 "지금의 현실이, 지금의 세상이, 지금의 이 나라가, 지배Rule하려는 자는 있어도, 지도Lead 하려는 자가 없다"고 하며, 21세기 뉴리더의 조건을 제시하여 많은 사람들에게 공감을 주었다.

회사도 마찬가지다. 관리자는 많으나 리더는 없다.

리더, 즉 지도자는 사람을 관리하지 않고, 변화하는 인재를 관리하는 자를 말한다. 지도자는 자기 자신을 완전하게 표현할 수 있는 사람이며, 실패는 죄가 아님을 인정하는 사람이다. 그리고 유일한 실패는 아무것도 하지 않는 것이라고 믿는 것이다.

리더십은 이를 연구한 학자에 따라 여러 가지 유형으로 분류되는데, 지도자가 어떠한 상황에서나 자기의 성향에 맞는 스타일을 택할 수 있는 것이 아니라, 효과적인 리더십을 발휘하려면 지도자가 처한 상황적 요소를 고려해야 한다.

카리스마 리더십Charisma Leadership

카리스마Charisma란 신학적 용어로는 성령의 은사 또는 신이 내린 능력을 의미하는데, 독일의 사회학자 막스 베버Max Weber(1864~1920)가 『경제와 사회』에서 카리스마적 권위를 전통적 법률적 권위와 구별하여 정의한 후부터 널리 사용되기 시작했다.

일반적인 의미로는 대중적이고, 사람을 끌어당기는 힘을 카리스마라고 하는데, 추종자를 만드는 경이로운 속성이나 마력적인 힘 또는 사람을 강하게 끌어당기는 인격적인 특성을 말한다.

경영학의 아버지라고 불리는 피터 드러커Peter Ferdinand Drucker(1909~2005)는 어느 날 한 은행의 인적자원 담당 부사장의 전화를 받았다.

"카리스마 리더십을 발휘하자면 어떻게 해야 하는지 강연해 주실 수 있습니까?"라는 물음에 피터 드러커가 답했다.

"금세기 최고의 악인으로 꼽히는 스탈린 · 히틀러 · 마오쩌둥보다 더 카리스마 있는 지도자는 없습니다. 역사에 기록되어 있는 바와 같이 이들은 인류에게 엄청난 범죄를 저질렀고 또한 고통을 준 잘못된 지도자들이었습니다.

목표를 달성하는 리더십은 카리스마에 의존하는 것이 아닙니다. 아이젠하워 · 마셜 · 트루먼은 뛰어난 지도자였음에도 불구하고, 정작 카리스마라고 할 만한 요소를 갖고 있지 않았습니다. 링컨도 마찬가지지요. 또한 제1, 2차 세계대전에서 패배한 처칠에게는 카리스마라곤 거의 없었지요. 중요한 것은 처칠이 옳았음이 판명되었다는 사실입니다.

카리스마는 지도자들로 하여금 잘못된 행동을 하도록 하는 원인이 될 수 있습니다. 카리스마는 지도자의 융통성을 앗아가고, 스스로 오류를 저지르지 않는 존재라고 믿게 만들며 변화할 수 없도록 만드니까요."

왕정王政이나 전제정치 시절에는 강력한 카리스마가 능력을 발휘했을 수도 있다. 하지만 카리스마가 지도자의 목표 달성 능력을 보장해 주지는 않으며, 리더십의 본질은 성과에 달려 있다고 드러커 교수는 강조한 것이다.

성공적인 리더는 '내가 하고자 하는 것은 무엇인가?'라는 질문을 하지 않고, '내가 해야 할 일은 무엇인가?'를 묻는다고 한다. 즉 근육과 육체 대신 지식을 활용하고, 상식과 미신을 과학으로 대체하며, 억압과 명령을 협조로 바꾸고, 지위가 가진 권한을 성과에 기초한 권한으로 바꾸는 것이 진정한 리더십이라고 한 것이다.

거래적 리더십Transcational Leadership

거래적 리더십은 지도자와 구성원 간에 비용 대비 효과의 거래로 수행되는 리더십이다. 리더는 할당된 업무를 효과적으로 수행할 수 있도록 구성원들의 욕구를 파악하고, 그들이 적절한 수준의 노력과 성과를 보이면 보상을 하는 것이다.

즉 리더와 구성원 간의 교환과 거래 관계에 바탕을 둔 리더십을 말하는데, 리더가 구성원에게 지시한 목표와 그 목표를 달성했을 때의 보상 내용을 명확히 알리고, 구성원은 보상의 가치를 명확히 인식하여 목표를 달성하도록 노력하는 것이다.

따라서 거래적 리더십 하의 구성원들은 업무능력에 대한 보상을 받고, 리더는 일의 완성으로 이익을 얻는다.

거래적 리더십은 '규칙을 따르는' 의무에 관계되어 있기 때문에 변화를 촉진하기보다 조직의 안정성을 중시한다. 그리고 거래적 리더십에는 리더의 요구에 구성원들이 순응하는 결과를 가져오는 교환과정이 포함되지만, 구성원들이 목표에 대해 열의와 몰입까지는 발생시키지 않는 것이 일반적이다.

서번트 리더십 Servant Leadership

서번트 리더십의 모티브가 된 것은 헤르만 헤세 Herman Hesse (1877~ 1962)의 작품인 『동방 여행 Journey to the East』이라고 한다.

소설의 주인공은 동방으로 여행을 떠나는 순례단巡禮團에서 허드렛일을 하는 소년 레오Leo이다. 레오는 물 같은 존재로 순례단에서 그리 중요한 인물로 여겨지지 않는다. 하지만 어느 순간 레오가 사라지자 순례단은 혼돈에 빠지고 여행은 중단된다. 그가 사라짐으로써 중요성이 부각되는 것이다.

후일 순례단은 다시 레오를 만나는데, 그는 단순한 심부름꾼이 아닌 교단의 책임자인 동시에 정신적 지도자이며 훌륭한 리더였다는 것을 알게 된다는 내용이다.

서번트 리더십, 즉 하인처럼 섬기는 리더십이라는 이 말은 1977년 로버트 그린리프 Robert K. Greenleaf 박사가 처음으로 제시했다. AT&T에서 경영관련 분야에서 연구를 담당했던 로버트 그린리프 박사가 주장한 서번트 리더십은 당시 카리스마 리더십이 중심이 되던 경영문화에 어울리지 않다는 이유로 주목받지 못했다.

하지만 1994년 그의 저서 『섬기는 리더 되기On Becoming a Servant Leader』가 출간되면서 전 세계의 이목을 집중시키고 있다. 로버트 그린리프는 "서번트 리더십은 타인을 위하고 섬기는 봉사에 초점을 두고 있으며, 종업원 및 고객을 우선적으로 섬기고, 그들과의 소통을 우선적으로 여기며, 그들의 욕구를 만족시키기 위해 헌신하는 봉사의 리더십이다"라고 정의한다.

또한 경영학자 피터 드러커는 『미래경영』에서 "지식시대에는 기업 내에서 상사와 부하의 구분도 없으며, 지시와 감독의 경영이 큰 효과가 없을 것이다. 그렇기 때문에 리더가 우월한 위치에서 구성원들을 이끌어야 한다는 기존의 리더십과 다른 리더십이 필요하다. 즉 리더가 구성원들을 위해서 헌신하며, 그들의 리더십을 길러주기 위해 노력해야 한다"고 설명한다.

서번트 리더십에 필요한 6가지 요소는 경청Listening · 공감Empathy · 치유Healing · 스튜어드십Stewardship · 모든 이의 성장Growth of People · 공동체 형성Building Community 등이다.

군자君子의 리더십

2011년 10월 6일, 성균관대학교에서 열린 '유교와 경영 포럼'에서 이경묵 서울대 교수는 "무한경쟁과 탐욕의 시대를 끝내고 이제는 '군자 리더십'을 기업경영에 접목해야 한다"고 강조했다.

이경묵 교수는 세계적 경영 잡지인 「하버드 비즈니스리뷰」에 한국인으로서는 처음으로 삼성의 성공요인을 분석한 논문을 게재했는데, 이 논문에서 삼성의 성공요인을 동양식 경영과 서구식 경영을 결합시킨 '하이브리드 시스템'으로 규정하였다.

앞으로는 인의예지신仁義禮智信으로 대표되는 오상五常의 군자적 가치를 경영에 도입해야 세계적 기업으로 성장할 수 있으며, 중국과 21세기부터 치열하게 경쟁해야 하는 입장에서, 동양의 덕德인 인仁을 중심으로 하는 경영전략을 수립해야 성공할 수 있다고 했다.

군자의 리더십은 현대 서구의 성과주의 경영방식이 발생시키는 많은 문제점을 보완하는 기업가의 덕목이 될 수 있다.

군자의 리더십의 핵심목표는 리더에 대한 직원들의 신뢰를 확보함으로써 인재가 능력을 발휘할 수 있는 기업 분위기를 만들어주는 것이다.

군자의 리더십의 핵심 덕목인 인仁은 자기계발과 예의를 갖춘 대인관계, 책임자 역할 수행 등 3가지 측면에서 볼 수 있다.

자기계발에서 인은 '지혜와 인격'이며, 대인관계의 인은 '조화와 역지사지易地思之', 책임자 역할에서 인은 '덕치이자 솔선수범'이다.

군자의 리더십을 갖춘 CEO는 노동으로부터의 인간소외, 일과 삶의 불균형, 기업의 사회적 회피 등을 해소시키고, 기업에 대한 사회적 이미지 향상과 기업가치 상승, 전 세계로부터 우수인재의 확보와 유지에 긍정적인 영향을 줌으로써 결과적으로 기업성과에 기여한다.

계약에 의한 거래관계를 핵심으로 하는 서구적 경영방식 '혁신을 중심으로 하는 개방과 소통 그리고 인간관계 중심의 동양적 경영방식인 인과 신을 중심으로 하는 덕의 사회적 책임 등을 제도화하고 문화형태로 상호 보완해야 미국, 유럽 중심의 서구 경제와 중국, 인도 중심의 동양 경제를 이길 수 있다.

변혁적 리더십 Transformational Leadership

변혁적 리더십은 미국의 정치학자 제임스 맥그리거 번스James MacGregor Burns(1919~)가 처음 사용한 용어이다.

변혁적 리더십의 핵심은 리더가 조직 구성원의 사기를 고양시키기 위해 미래의 비전과 공동체적 사명감을 강조하고, 이를 통해 조직의 장기적인 목표를 달성하는 것으로, 단기적 성과를 강조하고 보상으로 부하의 동기를 유발하려는 거래적 리더십과는 차이가 있다.

거래적 리더십이 구성원과의 협상과 교환을 통해 구성원의 동기를 부여시키는 것이 중점이라면, 변혁적 리더십은 구성원의 변화를 통해 동기를 부여하고자 한다.

또한 거래적 리더십이 합리적인 사고와 이성에 호소한다면, 변화적 리더십은 감정과 정서에 호소하는 측면이 크다.

즉 변혁적 리더십은 구성원을 리더로 개발하며, 그들의 관심을 높은 수준의 정신적인 필요로 끌어올리고, 스스로 변화하려는 의지를 갖도록 하여 기대한 바를 넘어설 수 있게끔 고무시키는 것이다.

심리학자 아브라함 해롤드 매슬로우Abraham Harold Maslow는 인간의 욕구를 7단계로 구분하여 서열화하고 각 단계로의 이동을 결정하는 요소를 분석하여 욕구단계설Motivational Hierarchy을 정립했다.

개인의 능력을 발휘하는 동기를 강조하는 자아발달自我發達, Self-Development 이론을 정립한 그는, 이 같은 욕구를 자아실현Self-Actualization 이라고 명명하였다.

즉 인간은 자기실현의 근본적인 욕구가 있는 존재로 본래 선하다는 관점을 가지며, 인간의 욕구는 순차적으로 구성되는데, 자아실현을 이루기 위해서는 우선 기본적인 욕구가 충족되어야 한다는 것이다.

매슬로우가 주장한 욕구는 생물학적 생존을 위한 욕구Physiological Needs, 안전의 욕구Safety Needs, 소속·사랑에 대한 욕구Belongingness & Love Needs, 존중의 욕구Esteem Needs, 인지의 욕구Recognition Needs, 심미적 욕구 Esthetical Needs, 자아실현 욕구Self-Actualization Needs 등의 7단계로 구분되며, 전前 단계의 욕구가 충족되면 다음 단계의 욕구로 나아가게 된다고 한다.

요즘 주목받는 변혁적 리더십은 리더와 구성원 간에 높은 윤리의식,

동기부여, 목표의식 등을 불러일으키는 과정으로 매슬로우의 욕구 7단계설을 복합적으로 적용한 것인데, 특히 7단계에 해당하는 것으로, 구성원들이 높은 수준의 욕구를 추구하도록 자극하여 '일상적인 자아自我'에서 '보다 나은 자아'로 상승하도록 하는 것이다.

이로써 그들은 더 큰 책임감을 가지게 되며, 스스로 리더로 전환하게 되는데 목표, 열정, 인격, 정직 등의 4가지 덕목을 갖추게 된다.

나부터
변해야 한다

리더십의 유형을 알아보며 '과연 나는 어떤 스타일일까?'를 생각해 보았다.

내가 다니는 교회의 담임목사님과 박사학위를 받는 데 도움을 주셨던 김 박사님은 나더러 '외유내강外柔內剛 형'이라 하셨으니, 겉으로 드러나는 카리스마보다는 은근과 끈기로 사람을 장악하는 타입일 듯싶다.

축구부 주장을 할 때도 나는 후배들을 야단치기보다는 감싸는 편이었고, 사회생활을 할 때도 마찬가지였다. 부하 직원들에게 이야기를 하기보다는 그들의 말을 들어주는 일이 많았다.

또한 정직과 성실은 초등학교 때부터 '범생이'로 자라며 갖춰 온 덕목이니, 조금 보태자면 '솔선수범' 형이라고 할 수도 있으리라.

하지만 21세기에는 그러한 것만으로는 부족하다는 생각이 들었다.

급변하는 상황에 대처하기 위해서는 융합적 리더십, 즉 서번트리더십과 거래적·변혁적 리더십을 혼합하여 장점을 취한 리더십을 갖춰야 하고, 장차 리더가 될 인재 육성이 중요하다는 사실을 깨달았다.

이를 위해서는 무엇보다 나 자신부터 변해야 했다. 그런데 대체 무엇을 어떻게 변화시키라는 말인가? 삼성 이건희 회장은 '마누라와 자식 빼고는 전부 바꿔라'라고 했으니, 그야말로 철저한 변혁이 필요했다.

그렇다. '무엇이든지 좋다. 우선 스스로의 양심에 비춰 보아 '남에게 해롭다'거나 '타인에게 불쾌감을 준다'는 등의 것을 없앤다면 인간미와 도덕성 회복이 이루어질 것이고, 이가 바탕이 되어 개인 삶의 질, 조직의 질, 회사의 질, 국가의 질 등이 바람직하게 바뀔 것이다.

물론 변한다고 해서 개인을 버릴 수는 없다. 하지만 '나만 잘 살면 된다'는 이기주의를 없애면 되는 것이다.

대부분의 조직은 20퍼센트의 사람이 이끌고 간다는 파레토 법칙이 있다. 그렇다고 해서 나머지 사람들이 아무 것도 하지 않는 것은 아니다.

집이 작고, 사는 사람이 많지 않더라도 있을 건 다 있어야 된다. TV, 냉장고, 세탁기 등등 갖출 것은 다 갖춰야 한다. 그러나 그 집에서 돈 벌어오는 사람은 주인 한 사람뿐이다.

내 집에서 돈을 버는 사람도 나 하나뿐이다. 대부분 그렇지 않은가? 그렇다고 해서 나 혼자서만 살 수는 없다. 아내가 있어야 되고, 자식이 있어야 되고, 도와주는 사람이 있어야 한다.

자신이 회사를 끌고 가는 20퍼센트에 속한다고 해도 남 탓만 하지 말고 스스로 먼저 변해 보자. 그러면 나머지 80퍼센트는 변하는 척이라도 하며 체면을 차릴 테니 결국 조직 전체가 변할 수 있다.

변화는 자기 자신과의 약속이다. 약속은 반드시 지켜야 한다. 약속을 하고 지키지 못하면 죽겠다는 각오가 있어야 한다.

남과의 약속을 지키지 못하는 것보다 자신과의 약속을 지키기가 훨씬 어렵다. 유명 스포츠맨들도 '나 자신과의 싸움이 가장 힘들었다'거나 '내가 극복해야 할 상대는 바로 나 자신'이라고 하지 않던가.

자신과의 약속을 지키기란 정말 힘들지만 반드시 지켜야 한다. 남에게 미안하고, 윗사람에게 죄송스러운 게 아니다. 자신에게 맹세를 해야 되고, 스스로 변해야 된다.

조직이나 사회 심지어 국가도 따지고 보면 결국은 개인이 모인 것이다. 개인이란 바로 나 자신이다. 모든 것이 나로부터 시작되는 것이다.

이를 위해서는 내 건강, 내 성격, 내 습관, 내 단점 등 자신을 완벽하게 알아야 한다. 나의 잘못된 습관과 약점이 무엇인지 파악하고, 그 원인이 무엇인지 자신에게 묻고 생각해 보라. 자신이 고쳐야 할 점과 변화할 수 있는 방법을 알게 될 것이다.

스스로의 약점을 알고 인정한다면 그건 결코 약한 게 아니다. 내가 다른 사람보다 못하다는 걸 인정하면 그 때는 그보다 못한 것이 아니다. 이제 당신은 변할 수 있다. 시간과 노력이 모든 것을 해결해 줄 것이다.

소니와 GE의
인재경영

어떤 일을 추진하여 효율적인 결과를 내고자 한다면 조직이 리더를 신뢰해야 한다. 그래야만 힘을 합칠 수 있고, 시너지 효과가 나는 때문이다.

만약 조직원들이 리더를 신뢰하지 않는다면 일을 이룰 수 없다. 그렇다면 어떻게 신뢰를 얻을 것인가? 제일 중요한 것은 사람을 믿는 것이다. 인간이 인간을 믿을 수 없을 때 제일 비참하고 허탈하다.

금은보화가 아무리 많이 있어도 아무 소용이 없다. 인간이 인간을 믿는 것이야말로 제일 큰 재산이다. 수백 명의 지인보다도, 내가 갑자기 죽더라도 내 처자식을 자기 처자식만큼 소중하게 지켜줄 것이라는 믿음이 가는 친구 하나가 훨씬 더 중요한 재산이다.

하지만 우리는 엄청난 실수를 저질렀다. 과거 IMF라는 경제적 고통을 덜기 위해서, 구조조정을 핑계로 훌륭하게 양성된 우수하고 경륜이 풍부한 일류급의 인재를 마구 해고시키고 퇴직시켰다.

기업이 살기 위해서, 한 직장에서 20~30년 가까이 근무한 기술인재, 관리인재를 '사오정(45세 전후)', '오륙도(56세 전후)'라 하여 마구잡이식으로 내보낸 것이다.

이런 상황에서 어느 누구도 삼성의 또 우리나라의 인력정책을 우려하는 사람이 없었다. 그러나 결과는 참담한 현실로 나타났다.

2004년 오스트리아 출신의 경제학자 피터 드러커Peter Drucker가 96세로 사망하기 전에 면담을 위해 방문한 한국의 학자들에게 "마구잡이 해고, 무조건적 퇴직을 단행한다면, 한국은 결국 인재난으로 망할 것"이라고 했다.

그는 또한 일자리 창출정책의 중요성을 강조하기도 했는데, 예언은 현실로 나타났다. 동남아의 많은 국가가 삼성을 비롯하여 한국의 직장에서 오래 근무하여 최고급 기술과 경험을 두루 갖춘 유능한 인재들을 채용하여 성공을 거두었고, 우리의 기술력과 시장은 위축되었다.

뒤늦게나마 삼성그룹을 비롯하여 우리나라 대부분의 기업들이 인재의 중요성을 인식하고 유출을 막는 데 노력을 기울이고 있다니 다행이다.

지난날 일본이 경제성장을 이룩하는 데 성공한 이유는 '종신고용제'였다. 회사에서 습득한 경영전략, 기술혁신, 관리기술로 평생토록 회사에 기여하고, 그들이 후배를 양성하도록 하며 기술 유출을 막은 것이 최고의 인적자원정책이었다고 자평한다.

인사 포털사이트 인크루트(www.incruit.com, 대표 이광석)가 매출액 500억 원 이상인 84개 기업을 대상으로 한 '인재경영 현황 조사'에 따르면, 78.6퍼센트인 66개 기업이 '직원 기 살리기 프로그램'을 운용하고 있는 것으로 나타났다.

아직 이러한 프로그램을 실시하고 있지 않는 나머지 기업(21.4퍼센트) 가운데 향후 실시할 계획이 있다고 응답한 업체가 94.4퍼센트(17개사)에 달했다. 이처럼 기업들이 인재경영에 힘쓰고 있는 이유는 직원들이 즐겁게 일할 수 있는 사내 분위기 조성을 통해 우수 인재의 이탈을 막고, 생산성을 향상시킬 수 있기 때문이다.

결국 '인재경영'이 '기업 성장의 원동력'이 된다는 인식이 자리 잡고 있는 것이다.

실제로 '직원 기 살리기' 등의 인재경영을 실시한 이후 생산성 향상, 직원 이직률 감소는 물론 조직 분위기가 좋아졌다고 응답한 기업이 92.4퍼센트(61개사)에 달하는 등 상당한 효과를 거두고 있는 것으로 조사됐다.

기업들의 인재경영을 위한 방법도 다양한 것으로 나타났다. 핵심 인재 확보를 위해 경영자가 직접 해외 리크루팅에 나서는 것은 물론 기업 체험 프로그램, 산학합력, 인턴십제도 등을 통해 우수인재 확보를 위한 노력을 기울이고 있다.

기업들의 이러한 노력은 인재를 발굴하고 육성하는 데 그치지 않고 직원 건강 챙겨주기부터 교육 및 문화행사, 보상시스템 마련, 스킨십 경영 등 일할 맛 나는 직장을 만들기 위한 다양한 노력으로 이어지고 있다.

소니의 디지털 드림키드 Digital Dream Kid

'인재가 기업의 경쟁력'이라고 불릴 만큼 '인재경영'에 대한 중요성이 높아지면서, 국내 기업들이 인재 확보뿐만 아니라 유지와 관리에도 적극 나서는 등 인재경영에 박차를 가하고 있다.

실제로 기업 10곳 중 8곳이 효율적인 인재경영을 위해 철저한 보상시스템을 마련하는 것은 물론 직원의 건강을 챙겨주는 등 '직원의 기 살리기'에 나서고 있는 것으로 조사됐다.

일본 소니의 역사는 변신과 변화, 새로운 창조였듯이, 그에 맞는 인재를 채용하고 기르는 것을 목표로 하고 있다.

소니가 발굴·육성하고자 하는 핵심 인재, 즉 '디지털 드림키드Digital Dream Kid'는 호기심을 가진 인재로 다양한 분야에서 최고의 지식을 갖추고 있으며, 최신의 분야에서 '나라면 어떻게 할 것인가?'하는 대안을 가지고 있는 사람, 상품 제작에서부터 마무리까지 최선의 노력을 다하는 사람, 집착과 유연성을 구분할 줄 아는 사고의 유연성을 가진 사람,

안 되는 일도 되게 하는 도전적인 자세와 용기를 가진 긍정적인 사람, 리스크에 대한 책임을 질 줄 알고, 위험을 감수하는 모험심이 강한 사람 등 5가지 조건을 꼽는다.

일본 소니유니버시티의 입학생은 '경영인적자원위원회'에서 선발한다. 경영인적자원위원회에는 이데이 노부유키出井伸之 회장을 비롯하여 안도 구니다케安藤國威 사장, 도쿠나가 데루히사德中暉久 부사장 등 최고 경영진이 참여하고 있다.

그들은 전 세계를 미주, 유럽, 아시아, 일본 등 4개 지역으로 구분하고, 총 18만여 명의 소니 직원 중에서 20명의 인재를 뽑는다. 주요 선발대상은 과장과 부장이며, 이들은 10년 후 소니의 CEO가 될 후보이다.

소니는 이들에게 반드시 필요한 교육과 현장 체험을 실시하는 한편 충성도를 각인시켜 미래에 대비하고 있다.

GE 크로턴빌의 인사평가와 인재상

일본 소니에 '유니버시티'가 있다면, 삼성에게는 '용인연수원'이 있고, GEGeneral Electric에는 '크로턴빌Crotonville 리더십센터'가 있다. 그만큼 세계 유수의 기업들은 인재 발굴과 육성에 노력을 기울이고 있는 것이다.

'기업 경영의 80퍼센트는 사람'이라는 철학과 사상을 가진 이건희 회장은 특히 GE의 크로턴빌 리더십센터를 벤치마킹했다고 한다.

오늘날 GE가 수많은 어려운 고비를 넘기면서 세계 제일의 가전회사로 자리 잡은 것은 바로 크로턴빌의 리더십센터가 있기 때문이라고 해도 과언이 아니다. GE는 다른 기업과 달리 인재를 외부에서 영입하지 않고, 크로턴빌 리더십센터에서 조달하고 있다.

크로턴빌 리더십센터는 뉴욕 근처의 허드슨 강변 오시닝Ossining에 있다. 총 부지는 약 6만3천 평(21만㎡)으로, 인재개발원 건물만 해도 약 2만5천 평(8만5천㎡)에 달한다.

1956년에 설립될 당시에는 대학교수들로부터 강의를 듣는 연수원이었고, 연수가 없을 때는 간부사원들의 휴양지로 사용했다. 이러한 크로턴빌 리더십센터가 새롭게 개편된 것은 1983년 잭 웰치John Frances Welch Jr. 회장이 취임하고 나서부터였다.

잭 웰치 회장은 무려 4천6백만 달러를 투입하여 리더십센터를 인재양성센터로 변모시켰다. 당시는 GE가 구조조정을 실시함으로써 사정이 매우 어려울 때였다. 간부사원들은 4천6백만 달러라는 거금을 언제 회수 하겠느냐면서 빈정댔다.

그러나 잭 웰치 회장은 '기업이 인재를 육성하지 않으면 21세기에 살아남기 어렵다'고 역설하고 크로턴빌 리더십센터의 재건립을 밀어붙였다.

크로턴빌 리더십센터가 완공되고 나서 잭 웰치 회장은 은퇴하기 전까지 18년 동안 직접 강의를 했고, 지금도 뉴욕의 크로턴빌의 특강은 세계적 CEO가 반드시 거쳐야 하는 것으로 인식되고 있다. 삼성의 후계자 이재용도 이곳에서 공부하였다.

최고의 비즈니스 리더를 육성하고, 기업이 실제로 활용할 수 있는 새로운 경영기법을 개발하는 크로턴빌 리더십센터는 명실 공히 세계 최고·최대 규모의 경영대학원인 것이다.

일반적으로 조직 구성원을 나누면, 조직을 이끌어 가는 집단 20퍼센트, 현 상태를 유지하는 집단 60퍼센트, 억지로 일하는 집단 20퍼센트라고 볼 수 있다.

크로턴빌 리더십센터의 운영자들은 인사평가에서 상위 20퍼센트에 속하는 사람만 입사 대상자로 선정한다. 그리고 경영자 양성코스 교육을 통해 전문성을 높인다.

이밖에도 리더십 개발을 위해 신입사원 리더십 과정, 전문가 관리과정, 고위관리자 과정 등 다양한 프로그램을 시대적 상황에 맞게 운영하고 있다.

GE의 크로턴빌은 열정과 에너지를 가진 인재, 동기부여 능력이 있는 인재, 집중과 결단력이 있고, 최고를 지향하는 인재, 실행력이 있는 인재 등 4가지 조건을 제시한다.

이 같은 인재상은, 일명 '잭 웰치가 요구하는 인재상'이라고 명명되기도 했는데, 열정을 인재의 가장 우선적 요소로 꼽는다.

오늘날 국내 기업들은 일본 소니를 뛰어넘어 미국의 GE 등 세계적 인재양성기관의 교육프로그램 및 채용기법을 벤치마킹하고 있다.

패러다임의 변화와
윤리경영

20세기까지의 기업은 이익을 목적으로 천동설天動說 경영을 해왔다. 그러나 21세기에는 사회적 책임CSR을 가지는 지동설地動說 경영으로 변해야 한다. 그야말로 대전환의 패러다임이 필요한 것이다.

천동설 경영은 기업을 중심으로 중요한 행성들-고객, 종업원, 주주, 시민사회NGO, 지역사회 등 이해관계자-이 돌고 있는 것이다. 이때 기업은 오직 이익의 극대화만 추구했다.

그러나 지동설 경영은 이해관계자(고객, 지역사회, 종업원, NGO, 주주 등 모든 행성) 를 중심으로 기업이 돌아야 한다는 것이다.

기업은 이제 이해관계자를 중심으로 돌아가면서 봉사하고, 사회공헌 활동을 하는 등 사회적 책임을 다해야 한다. 그래야 기업은 지속적으로 성장하고, 상호 이익을 얻음으로써 상생하면서 존속하게 될 것이다.

　이에 피터 드러커는 분권화의 기본원칙으로, 강력한 리더십의 발휘 원칙, 업무평가 확립의 원칙, 자주적 경영단위의 세분화 원칙, 자주적 경영단위의 의욕적인 활동이 가능하도록 넓은 영역과 충분한 과제를 제공하는 원칙을 꼽으며, 각 자주적 경영단위는 독립적 업무내용과 시장 및 제품을 가지고 대등한 입장에 설 수 있도록 하여, 동일한 사내거래라 할지라도 이를 기피할 수 있는 권리, 즉 기피선언권을 부여하고 있다.

Global Compact의 10대 원칙

인권 Human Rights
원칙 1: 기업은 국제적으로 공표된 인권의 보호를 지지하고 존중한다.
원칙 2: 기업은 인권 학대에 연루되지 않을 것을 확실히 한다.

노동규칙 Labour Standards
원칙 3: 기업은 실질적인 결사의 자유 및 단체 교섭권을 인정한다.
원칙 4: 기업은 모든 형태의 강제 노동을 철폐한다.
원칙 5: 기업은 아동 노동을 효과적으로 철폐한다.
원칙 6: 기업은 고용과 직업에 관한 차별을 철폐한다.

환경 Environment
원칙 7: 기업은 환경 문제에 대한 사전주의적인 접근법을 지지한다.
원칙 8: 기업은 더 큰 환경 의무를 장려하는 조치를 수행한다.
원칙 9: 기업은 환경 친화적인 기술의 개발과 확산을 촉진한다.

원칙 10: 기업은 금품 강요 및 뇌물수수 등을 포함하는 모든 형태의 부패에 반대한다.

조직 구조의 유기적 변경은 유기적 관리시스템Organic Management System
이라고도 하는데, 권한의 유동성, 횡적인 의사소통이나 인간관계, 신축
성 등의 구조적 특징을 가지고 있으며, 기업의 시장 환경이나 기술 환
경의 변화가 빠른 불안정한 환경 하에서 대응 조직구조를 변경시키는
전략적 혁신방법을 말한다.

정리하면, 각자의 전문적 지식이나 경험을 기업의 공통된 과업에 공
헌할 수 있도록 하며, 기업의 전체적 상황에서 개개의 과업을 현실적으
로 설정하도록 하고, 책임이 공유되도록 한다.

그리고 횡적 네트워크 조성으로 정보 및 조언이 소통되도록 하며, 기
업 전체의 과업이나 진보 및 성장에 대한 책임감에 대해서 높은 가치를
두도록 한다.

현대의 경영자들은 기업의 생산 측면 외에도 사회, 자연 환경 등 다
양한 영역에 미치는 영향을 고려해야 한다. 특히 경영의 주체인 기업은
이윤극대화가 목표이지만 윤리가 그 바탕을 이루고 있어야 한다.

현대사회에서 경영과 윤리는 따로 생각할 수 없으며 최근 들어 이러
한 윤리경영은 국내외적으로 요구되고 있다.

윤리경영이란 회사경영 및 기업활동에 있어 '윤리'를 최우선 가치로
생각하며, 투명하고 공정하며 합리적인 업무 수행을 추구하는 경영정

신이다.

기업의 목적은 이익의 극대화가 목적이지만, 사회적 책임 또한 중요하다는 의식과 경영성과가 아무리 좋아도 기업윤리 의식에 대한 사회적 신뢰를 잃으면 결국 기업이 문을 닫을 수밖에 없다는 현실적인 요구를 바탕으로 한다.

글로벌 시대를 맞아 시장이 전 세계로 확대된 후, 1990년대 초반에 세계무역기구WTO가 설립되면서 미국을 중심으로 비윤리적 기업의 제품은 국제거래에서 규제하자는 윤리 라운드ER가 시작되었다.

또한 2004년 EOAEthics Officer Association의 윤리경영 표준시안을 ISO의 표준으로 채택한 후, 전 세계적인 윤리경영에 대한 관심이 급증하였다,

국제적으로는 국제표준화기구ISO 산하 소비자정책위원회가 '기업의 사회적 책임Corporate Social Responsibility'에 관한 표준안 작업을 승인함으로써 윤리경영을 ISO 9000(품질 인증), ISO 14000(환경보호 인증)과 같은 범주에 포함시키려 하고 있다.

이에 발맞춰 우리나라의 소비자들과 정부, 사회는 기업의 윤리경영을 지지하고 있으며 이에 따라 윤리경영의 필요성이 증가하는 추세이다.

최근에는 기업의 경제적·법적 책임과 같은 준법경영 뿐만 아니라, 법적으로 강요되지는 않지만 사회적인 책임으로 여겨지는 윤리경영 자체가 시장에서의 강력한 경쟁력이 되고 있다.

또한 실제로 비윤리적인 경영을 하는 기업의 경우 이미지 및 신뢰도에 영향을 미쳐 기업의 매출이 급감하는 사례가 증가하고 있다.

이처럼 국제 경제사회는 '기업윤리'가 21세기에 기업들이 갖추어야 할 경쟁력으로 인식하여 윤리경영의 필요성이 높아지고 있으며, 국내 기업들도 윤리경영 전담부서를 설치하는 등 추세를 따르고 있다.

윤리경영 관계단체

① GRI : GRI는 1997년 UNEPUnited Nations Environment Program와 미국의 NGO인 CERESCoalition for Environmentally Responsible Economics: 1989년 엑슨사의 유조선 발데스 호가 알래스카 해안에서 침몰하여 발생한 대규모 환경오염 사건을 계기로 환경운동가, 투자자 그룹, 은행, 종교단체 등에 의해 결성된 조직)가 공동으로 암스테르담에 설립한 UN 협력기관이다.

기업의 지속가능보고서 작성을 위한 가이드라인의 개발과 보급을 사명으로 하고 있으며 궁극적으로는 지속가능보고서를 현재의 재무보고서 수준으로 정례화하는 것을 목표로 활동하고 있다.

② OECD : OECDOrganization for Economic Cooperation and Development는 제2차 대전 후 유럽 경제의 부흥과 협력을 추진해 온 유럽경제협력기구OEEC를 개발도상국 원조 등 새로 발생한 경제 정세 변화에 적응시키기 위해 개편한 기구로, 1961년 9월 30일 파리에서 발족하였다.

OECD의 목적은 규약 제1조에 따라 회원국의 경제성장과 금융안정을 촉진하고 세계경제 발전과 개도국의 건전한 경제성장 그리고 다자주의와 무차별주의에 입각한 세계무역의 확대에 기여한다.

OECD 조약은 강제성을 가지고 있는 것은 아니나 다국적 기업의 활동원칙을 천명한 것으로 매우 중요한 의미를 지니고 있다.

③ UNGC : UNGCUN Global Compact는 1999년 코피아난Kofi A. Annan(1938~) UN 사무총장

이 주창하였다.

당시 UN은 새천년개발목표 달성의 부진과 유엔경제사회이사회의 개혁 요구 등으로 비판을 받고 있었고, 아울러 기업 또한 경제활동의 새로운 패러다임이 요구되는 국제상황 속에서, 유엔과 기업 간의 파트너십을 통해 세계경제의 지속적인 균형과 발전을 이루려 하는 새로운 시도를 하게 된 것이다.

인권, 노동, 환경, 반부패 분야에서의 기업전략을 '글로벌 콤팩트Global Compact의 10대 원칙'과 결합시켜 나갈 수 있도록 하는 틀을 제공하여, 기업과 세계시장의 사회적 합리성을 제시하고 발전시키는 데 그 목적을 두고 있다.

존슨앤존슨Johnson & Johnson 등 전 세계 130여 국가 5,300개 기업을 포함하여 7,700여 개의 기업과 단체들이 가입하였으며, 국내에서는 공공기관 및 시민단체를 포함하여 180여 개 단체가 가입되어 있다.

④ ISO 26000 : ISOInternational organization for Standardization는 상품 및 서비스의 국제적 교류를 촉진하고 지적 활동 · 과학 · 기술 · 경제 분야에서의 국가와 기업 간의 협력 및 발전을 목적으로 1946년에 조직된 국제표준화기구다.

ISO 26000(조직의 사회적 책임에 관한 국제표준)의 세계화가 심화되면서 CSR Corporate Social Responsibility의 중요성이 더욱 부각되고 있으며, 이해관계자의 요구가 더욱 다양해지고 있음을 인식하고, 이에 대한 구체적인 표준이나 실천기준을 제시하기 위해 제정되었다.

⑤ DJSI : 다우존스 지속가능성지수DJSI는 1999년 미국의 금융 및 언론 서비스 업체인 다우존스Dow Jones 사와 스위스의 지속가능성 투자전문기관인 샘Sam 사가 공동 개발한 사회책임투자SRI 지수로, 기업의 재무적 성과뿐만 아니라 사회적 · 환경적 성과와 가치를 종합적으로 평가하는 세계 최초이자 가장 공신력 있는 글로벌 지속가능경영 평가 모형이다.

DJSI는 현재 세계 50여개 금융기관에서 투자지표로 적극 활용 중에 있으며 산업별 평가기준을 사용하여 전 세계적으로 60개 산업군産業群을 포괄하며 지속적인 모니터링 결과를 반영하기 위해 매년 리뷰를 실시하고 있다.

윤리경영 기업은 구성원 개개인의 참여 유도를 하며 구체적인 시스템을 통해 기업문화의 하나로 정착시키기 위해 노력하고 있다. 윤리경

영의 실천을 위해서는 3C, 즉 윤리강령Code of conduct, 감독 조직Compliance Check Organization, 공감대 형성consensus by Education 등이 필요하다.

윤리강령은 기업윤리 준수를 위해 기업과 임직원들과의 성문화成文化된 약속이다. 감독 조직은 윤리경영 전담 임원을 선임하고 윤리경영을 실현하기 위한 일상적인 조직을 의미하며, 공감대 형성은 교육을 통해 윤리경영에 대한 임직원들의 이해와 공감대를 이끌어내는 과정을 일컫는다.

윤리경영을 하는 기업들은 자사뿐 아니라 협력 관계에 있는 회사들에게까지 윤리적 의무 준수를 요구하고 있다.

그러나 윤리경영을 실천한다고 해도 모든 것이 완벽할 수는 없다. 때로는 실패로 인한 좌절을 맛보기도 한다. 그러나 윤리경영을 잘 실천하는 기업과 그렇지 못한 기업 사이에는 문제가 발생했을 때 이에 대처하는 방법은 큰 차이가 난다.

즉 윤리경영을 하는 기업은 문제가 발생하면 이를 공표하고 최선의 해결책을 찾음으로써 같은 문제가 재발하지 않도록 하는 반면에 그렇지 않은 기업은 문제를 숨기기에 급급하고, 이를 무마하고자 각종 비리를 저지르게 되는 것이다.

윤리경영에 대한 사회적 요구의 형태는 무척 다양하다. 그 가운데 상당 부분은 환경보호에 대한 투자나 사회단체에의 기부처럼 기업의 직접적인 자원의 투입을 필요로 한다.

이에 대해 윤리경영의 모범 기업들은 비용에 따른 효과를 고려하여

'선택과 집중'의 관점에서 접근하고 있다. 기업이 잘 할 수 있고, 기업의 직접적인 영업활동과 연관성 있는 사회적 요인에 자원을 집중 투자하고 있는 것이다. 이는 기업의 성장 비전Vision과 이미지에 맞는 윤리경영 실천방안을 개발하여 실행하는 것이라 볼 수 있다.

고객을 이해하는
문화경영

 간부가 되어 해외 출장도 늘고, 많은 해외 기업인을 만나면서 느낀 점 가운데 한 가지는 우리가 국제적인 예의범절에 서툴고, 문화적이지 못하다는 것이다.

 기업 경영에 있어 윤리가 필수적인 것이라면 문화는 부수적인 것일 수도 있다. 하지만 이윤 창출이라는 기업의 궁극적 목표를 따진다면 윤리보다는 문화가 한 단계 위라는 사실을 부정할 수는 없다. 기업의 매출 증대에 기여하는 것은 윤리의식 보다는 문화의식인 때문이다.

 인간이 무인도에 살 때에는 예의범절이 필요 없다. 더불어 살아가야 하니까 질서가 필요하고 예의범절이 필요한 것이다.

 서양은 법이 앞서고 그 다음이 도덕이다. 하지만 동양은 인간미, 도

덕, 예의범절이 앞서고 그 다음에 법이다. 이 점을 우리 모두 다시 한 번 생각해 보자.

우리의 예의범절처럼 서양에는 에티켓Etiquette이 있다. 에티켓은 프랑스어로 '붙이다'는 뜻을 가진 동사 'Estiquier'에서 유래한 것으로, '나무말뚝에 붙인 표지'라는 뜻이다. 이가 '표찰標札'이 되었고, 상대방의 신분에 따라서 달라지는 편지 형식을 가리키는 단어가 되었고, 발전하여 궁중의 각종 예법을 가리키는 말이 되었다.

루이 13세의 비妃 안 도트리슈Anne d' Autriche(1601~1666)의 노력으로 15세기부터 궁정 에티켓이 시작되어, 루이 14세 때인 17세기에 정비되었고, 1839년에 나폴레옹이 법령으로 공식 의전의 형식을 확정하였다.

영국의 왕실과 스페인의 왕실에서는 옛날 그대로의 관례를 준수하고 있으나 그 후 민주화의 진전과 더불어 단순화되었다. 프랑스에서는 19세기 말의 부르주아 사교계의 관례usage와 예의범절civilite이 오늘날의 프랑스의 에티켓의 기초가 되었다.

에티켓 역시 법으로 강제하지는 않으나 이를 사회적·문화적 환경에 따라 적절히 습득하여 몸에 익히지 못하면 그 환경을 공유하는 사람들로부터 소외당하기 쉽다.

이 같은 어원의 차이를 떠나, 예의범절은 개인과 자기 집안, 자기 사회에 관한 것이고 에티켓은 남과 만났을 때, 비즈니스맨끼리 모여 있을 때의 질서에 관한 것이라 정의할 수 있다.

한국 내에서는 예의범절만 지키면 되지만, 국제화시대 외국과 교류

하기 위해서는 에티켓을 제대로 알아야 한다. 대부분 사람들은 예의범절과 에티켓을 비슷하다고 여기지만, 그 미묘한 차이를 느낄 때라야 비로소 국제감각이 조금 생겼다고 볼 수 있다.

예의범절이 있다고 해서 에티켓이 있는 것은 아니다. 그렇다고 에티켓을 아는 사람이 예의범절이 있는 것도 아니다. 예의범절이 제대로 되어 있는 사람 중에도 에티켓을 아는 사람이 있고 모르는 사람도 있다.

예의범절을 잘 지키더라도 에티켓이 없으면 곤란하다. 에티켓은 윗사람에 대한 예의보다도 남끼리 모인 장소에서 지켜야 할 일에 관한 것으로 우리 식으로 보자면 공중도덕에 가깝다. 쉬운 예로 식당에서 식사할 때 소리를 내지 않는 것, 골프장에서 다른 사람이 공칠 때 조용히 하는 것 등이 에티켓이다.

21세기는 글로벌시대이니 만큼 외국 사람이 우리나라에 와서 살기도 하고, 우리나라 사람도 외국에 가서 사는 경우도 많으니 이제는 국제에티켓도 배워야 한다. 한국의 예의범절만 고집하는 독불장군이 되어서는 안 된다.

자기 문화 못지않게 남의 문화도 존중할 줄 아는 사람이 진정한 국제인이다. 아울러 우리는 우리의 전통문화는 물론 세계의 문화에도 관심을 가져야 한다. 그렇지 않으면 기껏 계약을 성사시켰음에도 무료하고 답답한 시간을 보내야 함은 물론 상대에게 좋은 인상을 심어 주지도 못하게 된다.

상대가 이쪽을 탐탁찮게 생각한다면 지속적인 교류가 이뤄질 확률은 낮다고 해도 과언은 아니다.

대학 시절 중국어를 전공한 A그룹 임원 B는 사업차 내한한 중국 기업인을 접대하게 되었다. B는 자신이 즐겨 가던 중국음식점으로 그를 안내했다. 50년 이상 영업을 한 곳이어서 미식가들 사이에는 꽤나 알려진 곳이었다. 하지만 식사를 마친 중국 기업인의 표정은 썩 밝지 않았다. 그 음식점은 '중국식'이 아닌 '대만식'인 때문이었다.

우리는 종종 대만과 중국을 착각한다. 우리가 어린 시절 먹었던 짜장면은 대만 출신의 화교華僑가 한국인의 입맛에 맞게끔 개발한 것으로 중국 본토에는 없다.

이처럼 대만 음식과 중국 본토 음식은 무척 다르다. 우리나라 호남과 영남 이상으로 차이가 난다. 참고로 중국에는 북경北京·상해上海·광동廣東·사천四川 등 4대 요리가 있다.

그런 만큼 고향의 맛을 기대했던 중국 기업인의 입에는 맞지 않았던 것이다. B임원은 실수를 만회할 요량으로 한국의 전통명소를 구경시켜 주겠다고 제안했다. 그가 안내한 곳은 우리나라의 궁궐 경복궁이었다. 하지만 중국 기업가의 표정은 더욱 굳어졌다. 왜 그랬을까?

사대주의라고 할 수도 있겠지만 우리가 중국 문화의 영향을 받은 것은 확실하다. 세종대왕이 한글을 만들기 전까지는 한자를 사용했고, 의식주 전 분야에 중국식 풍습이 남아 있음은 부정할 수 없는 사실이다.

그러므로 경복궁은 비록 상당부분이 한국화되었을지라도 중국식 건축의 영향을 벗어날 수는 없다. 게다가 경복궁은 중국의 황제가 머물던 궁궐 자금성紫禁城의 4분의 1 정도의 크기이다.

건축 양식도 어딘가 닮아 있고 크기도 작은 궁궐을 보며 중국 기업인은 무엇을 느꼈을까? 이는 모두 상대 국가의 문화를 이해하지 못한 때문에 빚어진 슬픈 결과이다.

전문가의 말에 따르면, 중국은 국토가 넓어 바다를 구경하기 힘들기 때문에 인천이나, 속초처럼 바다를 볼 수 있는 곳에 데려 가면 탄성을 지른다고 한다.

제주도에 중국인 투자가들이 몰리는 것은 경제적으로 여러 혜택이 있는 특별자치구라는 사실 외에 바다를 볼 수 있기 때문이라는 사실도 크게 작용한 때문이라고 한다. B임원은 자신의 경험과 얕은 지식으로만 중국 기업가를 상대하려 했기에 만족시키지 못한 것이다.

기업인끼리 만났을 때 실제로 비즈니스에 대해 이야기를 나누는 시간을 그다지 길지 않다. 업계 동향과 전망에 대해 가볍게 대화를 하고 서로의 조건을 확인한 후 계약을 하거나 후일을 기약하는 것이다.

그런데 만약 그 자리가 식사나 파티였다면 어쩔 것인가? 일이 끝났으니 인사를 하고 나온다면 실례를 범한 것이라 할 수는 없더라도 좋은 인상을 주지 못한다는 것은 명약관화明若觀火하다.

업무 이야기를 마친 다음에는 여러 가지 화제를 떠올리며 즐거운 대화를 나눠야 한다. 그 또한 비즈니스맨의 덕목인 것이다.

이번에는 B임원과는 반대되는 이야기를 해 보자. 이탈리아를 방문한 D그룹 임원 J는 현지 바이어의 소개로 이탈리아 기업가를 만났다. 전혀 예정에 없던 일이기에 그저 안면이나 익혀두자는 가벼운 마음이었다.

바이어는 두 사람을 유명한 레스토랑으로 데려 갔다. 그런데 잘 알다시피 이탈리아인의 식사 시간은 무척이나 길어 2시간 이상인 경우도 많다. 두 사람은 업무에 관한 이야기를 잠깐 나누었지만 식사 때 어울리는 화제를 찾기가 힘들어 또 더 이상 할 만한 이야기가 없었다.

본격적인 식사가 시작되어 포도주가 곁들여졌다. 평소 와인 애호가로 동호회에도 가입하여 왕성한 활동을 했고, 일본의 만화가 오키모토 슈ォキモト ·シュゥ가 그린 와인을 소재로 한 작품 『신의 물방울神の雫』도 탐독한 J는 자신이 아는 바를 화제 삼아 이야기를 시작했다.

이야기는 무르익어 J는 학창 시절에 본 영화 『산타 비토리아의 비밀 The Secret Of Santa Vittoria』까지 화제에 올렸다.

스탠리 크레이머Stanley Kramer가 메가폰을 잡고 안소니 퀸과 하디 크루거, 안나 마냐니가 주연을 맡은 이 영화는, 2차대전 막바지 독일군이 와인의 맛이 좋기로 유명한 이탈리아 북부의 산타 비토리아에 백만 병의 와인을 내놓을 것을 요구하자, 마을 사람들은 힘을 모아 와인을 모두 숨김으로써 빼앗기지 않는다는 내용이다.

이야기를 듣던 이탈리아 기업가가 놀라며 "한국인이 어떻게 그렇게 와인에 대한 지식이 깊은가요? 더구나 오래된 영화까지 알고 계시다니…. 제 고향이 바로 산타 비토리아입니다"라고 말했다.

우연한 만남에서 가진 기분 좋은 대화로 후일 D그룹은 이탈리아와 거액의 계약을 맺을 수 있었다. 물론 수주한 이는 전날 만났던 이탈리아 기업가였고, 국내 담당자는 J임원이었다.

이처럼 문화에 대한 관심이 예상 밖의 좋은 결과를 낳을 수도 있는 것이다.

프랑스인은 외국어를 배울 때 그 나라의 역사부터 공부한다고 한다. 역사를 알아야 문화를 알 수 있고, 문화를 알아야 그 나라의 언어를 제대로 배울 수 있기 때문이다.

일본 그룹이나 우리나라의 삼성이 유능한 직원을 외국에 상주시키며 언어는 물론 풍습과 문화를 익히도록 하는 것은 모두가 이러한 경우를 대비한 것이다.

그러므로 외국기업을 상대로 하는 기업인은 상대 국가의 역사와 문화에 관심을 갖고 공부를 하여 지식을 쌓는다면 국제 비즈니스에서 많은 도움을 받을 수 있을 것이다.

꿈과
희망을 가져라

칼릴 지브란Khalil Gibran(1883~1931)은 "한 인간의 심성과 이성을 이해하기 위해서는 그가 지금까지 무엇을 이미 이루어 놓았느냐가 아니라, 그가 앞으로 무엇을 하고 싶어 하느냐 하는 포부를 살펴봐야 한다"고 말했다.

텔레비전을 통해 유명 연예인들이 해외 봉사를 하는 프로그램을 보았다. 뉴스 외에는 텔레비전을 거의 보지 않는 나는 연예인이 색다른 모습을 보임으로써 인기를 끌려는 것이고, 현장에서의 활동은 대부분이 연기일 것이라고 생각했다.

하지만 얼마 지나자 프로그램에 푹 빠져 있는 나를 발견하고 깜짝 놀랐다.

지프차로도 가기 힘든 아프리카 오지奧地 마을을 찾아 의료진과 함께 아픈 이들을 치료하고, 집짓는 데 힘을 보태는가 하면, 우물을 팔 수 있도록 돕는 모습을 보며 그들의 진정성을 느낀 때문이었다.

그랬다. 진정성이 없다면 고운 얼굴에 진흙을 묻히고, 못을 박고자 손가락에 피멍이 들도록 망치질을 할 수는 없을 터였다.

프로그램 끝부분에 연예인의 인터뷰가 있었다. 기자가 이렇게 힘든 일을 자원하신 이유는 무엇이냐고 묻자, 연예인은 "어린 시절부터 봉사활동을 하는 것이 꿈이었어요. 마침 드라마도 종영이 되어 시간이 나서 NGO 단체와 연락하여 오게 된 것이죠. 어렵고 힘든 이들에게 작은 보탬이 되고 희망을 주었다는 사실이 기뻐요. 정말 소중한 경험이었고요"라며 해맑게 웃었다.

나는 생각에 잠겼다.

'과연 내 꿈은 무엇인가? 아니 어릴 적 가졌던 꿈이 어떤 것이었나?'

문득 어느 책에선가 읽었던 도쿄대학 물리학과 다케우치 히토시竹内均 교수의 "꿈이 실현되지 않는 원인은 그 바람이 비현실적이기 때문이 아니라, 그 바람을 실현하고자 하는 의지와 노력이 부족했기 때문"이라는 말이 떠올랐다.

맞는 말이었다. 생활에 바쁘다는 핑계로 그동안 앞만 보고 달려오느라 뒤를 돌아볼 생각은 하지 못한 것이다. 그러면서도 직원들 앞에서는 회사의 비전을 제시하고, 주례를 설 때는 '꿈과 희망을 가지라'고 했으니… 내가 했던 말들이 공허한 메아리가 되어 되돌아오는 것 같았다.

과연 내 꿈은 무엇이고, 그 꿈을 이루기 위해서는 어떻게 해야 하는
가. 그리고 사람들은 과연 나를 어떻게 평가할 것인가.

정호승 시인의 '희망을 만드는 사람이 되라'를 읊조리며 내가 꾸어
온 그리고 꾸어야 할 꿈을 조용히 떠올려 본다.

이 세상 사람들 모두 잠들고,
어둠 속에 갇혀서 꿈조차 잠이 들 때,
홀로 일어난 새벽을 두려워 말고
별을 보고 걸어가는 사람이 되라.
희망을 만드는 사람이 되라.

겨울밤은 깊어서 눈만 내리어
돌아갈 길 없는 오늘 눈 오는 밤도
하루의 일을 끝낸 작업장 부근
촛불도 꺼져가는 어둔 방에서
슬픔을 사랑하는 사람이 되라.
희망을 만드는 사람이 되라

절망도 없는 이 절망의 세상,
슬픔도 없는 이 슬픔의 세상,
사랑하며 살아가면 봄눈이 온다.

눈 맞으며 기다리던 기다림 만나

눈 맞으며 그리웁던 그리움 만나

얼씨구나 부둥켜안고 웃어보아라.

절씨구나 뺨 부비며 울어보아라

별을 보고 걸어가는 사람이 되어

희망을 만드는 사람이 되어

봄눈 내리는 보리밭길 걷는 자들은

누구든지 달려와서 가슴 가득히

꿈을 받아라,

꿈을 받아라.

1996년 박사학위 졸업식(맨 오른쪽이 저자)

1996년 나는 입학생 중 최초로
        그토록 바라던 박사 학위를 취득했다.
어쩌면 내 생에 있어 가장 열심히 노력했던 시기,
정신일도하사불성精神一到何事不成이라는
        말의 참다운 의미를 깨달을 수 있었던 시기였다.
내가 좋아했고, 또 내게 기회를 준 스포츠에 대한
        보다 깊은 공부를 하여 학위를
                취득했다는 사실도 기뻤지만
축구선수 시절부터 가졌던 내 꿈을
        펼칠 기회를 얻었다는 기쁨이 더 컸다.

인천광역시축구협회
제9대 조건도 회장 취임

2010년 인천광역시 축구협회 회장 취임식

나는 2010년부터
인천광역시축구협회장직을 맡고 있다.
나이가 들면서 '지역사회에 공헌하겠
다' 는 마음이 컸다.
나는 무엇보다 군림하는 협회가 아닌
소통하는 협회를 만들고자 노력했다.
협회에서 초 · 중 · 고등학교
선수들에게 장학금을 지원했으며
이 일을 통해 보람을 느끼고 있다.
또 2011년에는
인천유나이티드프로축구단을
운영하였다.

Chapter **4**

강화
가는
길

"하나의 어려운 일을 참고극복해냈다면 그 순간부터 그 사람은
강한 힘의 소유자인 것이다. 곤란과 장애물은 언제나 새로운 힘의 근원이다."

— 버트런드 러셀Bertrand Arthur William Russell—

내 고향
강화도

    내가 태어난 곳은 넓게는 인천광역시, 자세하게는 강화도 내가면 고천리, 일명 거무내玄川이라 불리는 곳이다. 강화도는 서해안의 중요한 섬이자 우리나라에서 5번째로 큰 섬이다. 삼국시대에는 고구려와 백제의 접전지였고, 고려시대에는 대몽항쟁의 터전이었으며, 병인양요와 신미양요를 겪기도 했다.

    강화도는 풍광이 좋을 뿐 아니라 물산이 풍부하다. 해산물은 물론이요 기름진 쌀과 인삼은 단연 최고로 꼽힌다.

    게다가 유적도 많이 남아 있어 아직도 복원사업이 진행 중이며, 2000년에는 강화의 고인돌이 고창 · 화순의 고인돌과 함께 세계문화유산으로 등록되었다.

나는 강화도를 한국의 시칠리아Sicilia라고 생각한다. 풍광이 좋고 물산이 풍부한 교통의 요지이며, 항쟁의 역사 등 많은 것이 닮은 때문이다.

시칠리아Sicilia는 이탈리아의 자치주이자 지중해 최대의 섬이다. 북서쪽에는 사르데냐, 북동쪽에는 이탈리아 본토의 칼라브리아 반도, 남서쪽에는 아프리카 대륙의 튀니지, 남동쪽에는 몰타 영토인 몰타 섬이 있다.

고대 로마시대, 시칠리아 동부 지역은 고대 그리스의 식민도시인 시라쿠사의 지배 하에 있었고, 서부 지역은 카르타고의 통치를 받았다. 로마 제국의 멸망 후 시칠리아는 비잔티움 제국의 통치를 받았다. 827년 튀니스의 아랍인들이 시칠리아를 점령하였고, 1072년에는 노르만족이 팔레르모를 정복하여 시칠리아 왕국을 세웠다.

1282년 3월 31일, 시칠리아 역사상 가장 유명한 사건이 일어난다. 프랑스와 앙주 가문의 지배에 시칠리아의 우국지사들은 봉기한 것이다.

부활절 만종을 신호로 팔레르모를 비롯한 각지에서 민중들이 들고 일어나 지배자들을 추방했는데, 베르디는 이 역사적인 사건을 소재로 하여 오페라를 만들었으니 바로 '시칠리아 섬의 저녁기도 Vespri siciliani' 다.

오페라의 2막에는 유명한 노래가 등장한다. 스페인으로 망명했던 우국지사 조반니 프로치다가 수십 년 만에 고국 땅을 밟고는 뜨거운 눈물을 흘리며 부르는 '오 그대, 조국 팔레르모여O, tu Palermo!'이다.

"오 조국, 팔레르모여! 너 사랑스러운 땅이여!
사랑스러운 미소여, 내가 아끼는 이 대지여!
프랑스의 폭정暴政에 고개를 들고
옛 영광을 되찾자!
시칠리아인들이여, 과거의 용기는 어디로 갔는가?
승리를 위하여, 영광을 위하여 일어서라!"

그러나 기쁨도 잠시, 프랑스를 추방하자 스페인 아라곤 왕조가 들어와 다시 시칠리아를 식민통치한다. 시칠리아 왕국은 1816년 나폴리 왕국과 합병하여 양시칠리아 왕국이 되었으며, 1860년 사르데냐 왕국에 합병된 후 1861년 이탈리아 왕국에 편입되었다.

굴곡의 역사를 겪은 만큼 시칠리아 사람들은 의리가 깊고 정열적이라고 하는데, 강화도 출신 역시 충직하고 누구보다 뜨거운 가슴을 지니고 있으니 사뭇 닮았다고 할 수 있다.

내가 태어나서 자란 곳 강화도. 언제 와도 나를 반겨 주는 낯익은 풍경을 보면 어린 시절 추억이 절로 떠오른다. 아침가리, 동들머리, 싱아골, 다솔개… 이토록 아름답고 친근한 지명을 가진 곳이 또 있을까?

영원한 마음의 요람인 내 고향 강화도를 위해 미력하나마 작은 보탬이 되겠다는 생각을 품었다. 강화도는 수도인 서울과 거리도 가깝고 문화유적이 많다는 조건에도 불구하고 크게 발전을 이루지 못하고 있다. 다양한 이유가 있으나 가장 큰 것은 제대로 된 도로가 없다는 것이라 할 수 있다.

이는 인근도시인 김포와의 행정구역상의 문제 때문이다. 행정구역상 김포는 경기도에서, 강화도는 인천광역시에서 각각 관할하다 보니 관할 지자체가 역할을 서로 미루는 바람에 도로가 제대로 나지 않은 것이다.

이 같은 문제를 시작으로 하여 여러 미비점을 찾고 해결하여 강화도는 과거의 영광을 되살려야 할 것이다. 그리고 그 가운데 내가 서 있으면 하는 소망을 품어 본다.

고향에서 이루고 싶은 또 한 가지 소망이 있다면, 나이가 더 든 다음에 풍광 좋고 공기 맑은 내 고향 강화도에 작은 보호시설을 짓는 것이다. 그리 넓지는 않지만 내 소유의 땅도 있으니 그곳에 아담한 요양원을 지어 진정 도움이 필요한 사람들을 편히 쉬도록 한다면 정말 보람된 일일 것이다.

푸른 바다가 내려다보이는 경치 좋은 곳에서 우리 논에서 나는 쌀로 지은 밥과 우리 밭에서 직접 키운 채소로 만든 반찬을 놓고 그들과 함께 오순도순 식사를 한다면 참다운 행복을 느끼리라.

그때는 이미 나도 늙었을 터, 함께 늙어 가는 이들을 도울 수 있다면 차외하소구_{此外何所求}, 무엇을 바라겠는가?

강화도 약사略史

　강화도는 한강의 관문이라는 특성상 삼국시대에는 백제와 고구려의 주요 접전지중 하나였으며, 백제는 강화도를 서해 대도라고 불렀다. 후일 고구려에 귀속되었을 때는 혈구군 혹은 갑비고차군에 속했고, 신라 때는 해구군 또는 혈구진이라고 했다.

　강화도라고 명명된 것은 고려 시대부터인데, 벽란도의 통로 역할을 했으며, 목판인쇄소, 소금전매소 등이 설치되었고, 도자기를 생산하였다.

　몽고의 침략으로 도읍을 강화도로 천도하며 강도江都라 불렀는데, 강도의 왕궁터와 고려시대의 성곽이 아직까지 남아 있으며, 이곳의 목판인쇄소에서 팔만대장경 조판이 이뤄지기도 했다.

　외세의 침략에 맞선 강화도에서의 항쟁은 우리 역사에서 충절忠節의 표상으로 기억되고 있다.

1232년(고종 19), 최우崔瑀가 몽고에 대한 항전을 결의하고 강화로 도읍을 옮겨 방어 태세를 갖춘다.

강화도는 육지와 떨어진 섬이라는 점에서 방어에 유리했으며, 고려의 주요병력이 집중되어 있었고 게다가 3중의 성곽이 건조되어 있었다.

40년 동안 항쟁을 지속한 원동력은 최충헌의 정권을 계승한 최우가 치안유지를 위해 설치한 야별초였다. '별초'는 용맹한 사람들로 구성된 군이라는 뜻으로 나중에 군사들의 수가 증가하자 좌별초와 우별초로 나누었고, 몽고의 침략에 맞서다가 탈출한 병사들이 모인 신의군과 합세하여 삼별초가 되었다.

이들은 강화로 천도를 한 고려를 지키기 위해 최선을 다했지만, 고려 조정과 몽고연합군에 밀려 제주도까지 근거를 옮겨 가며 끝까지 항전했다.

이후 조선 시대에는 강화도가 국방의 요지임을 인식하여, 태종 때 강화는 도호부로 승격되었고, 조운의 활성화와 함께 한강의 입구로서 진이 설치되고 김포, 양곡, 통진, 교동 등지의 진을 통괄하게 되었다.

임진왜란 때 강화도는 큰 피해를 입지 않았고, 우성전, 김천일 등이 의병장으로 활동하며 권율 장군을 지원하기도 하였다.

강화도는 유배지로도 유명했는데, 연산군, 광해군 등이 이곳으로 유배를 왔다. 강화도 사투리가 '안녕하시까?', '오시겨', '허가씨다' 등으로 다소 묘하게 들리는 것은 귀양온 이가 양반이라서 하대下待하기도 그렇고 또 공대하기도 곤란하여 어중간한 말씨가 된 때문이라고 한다.

정묘호란 때에는 인조가 강화도로 피신했고, 병자호란이 일어나자 인조는 남한산성으로 피했고, 봉림대군 등의 왕족들은 강화도로 피신했다.

이후 남양에 있던 경기수영이 강화도로 옮겨졌으며, 효종 때는 북벌정책을 계획하면서 해안에 월곶진, 제물진, 광성보 등의 진과 보를 설치하였고, 성곽을 수리했다.

숙종은 해안 전역의 돌출부에 53개의 돈대를 설치하여 강화도의 전 지역을 요새화 하였는데, 지금까지도 당시의 군사시설이 많이 남아 있다. 또한 양명학으로 유명한 정제두가 강화도에서 일생을 보내면서 주자학에 치우치지 않고 경전의 본뜻을 중시하는 강화학파라 불리는 학풍이 일어났다. 정조 때에는 외규장각이 강화도에 설치되었다.

조선 후기, 병인박해를 구실로 1866년 프랑스 함대가 강화도로 쳐들어 온 병인양요가 일어났다. 이로 인해 강화의 외규장각이 약탈되는 등의 피해를 입었다.

1871년에는 미국 함대가 강화도를 공격한 신미양요가 일어났고, 1875년에는 일본 함대가 강화도를 공격하여 운요호 사건을 일으켰으며, 이듬해에 강화도조약이 체결되었다.

일제 강점기를 거치면서 강화도의 많은 문화재가 약탈당했고 무덤은 도굴되었다. 광복 후에도 관리 소홀로 군사 유적이 대부분 파괴되었고, 6·25 전쟁 당시에는 강화도에서 대규모 학살이 있었던 것으로 확인된다.

또한 개성의 피난민이 강화도로 오면서 인삼 재배가 시작되었다. 1970년에는 강화대교가 건설되면서 육지와 연결되었으며, 1976년에 강화중요국방유적복원 정화사업으로 몇몇 유적들이 복원, 관리되고 있다. 2000년 11월 29일에는 제24차 유네스코 세계유산위원회에 강화의 고인돌이 고창, 화순의 고인돌과 함께 세계문화유산으로 등록되었다.

백록사진첩

白綠寫眞帖

푸른 섬 강화에 겨울이 왔다.
녹색과 하얀 눈이 어우러진 섬은 또 다른 풍광을 만들어낸다.
나의 작은 기록을 백록사진첩이라 이름 지었다.

내 어린 시절의 추억과 꿈이 담겨 있는 곳.
내 고향 강화로 낭만여행을 떠나 본다.

강화읍에 있는 고려궁지高麗宮址의 북문에 해당하는 진송루鎭松樓.

고려궁지는 '작은 송도'라 불릴 만큼

뒷산을 송악松嶽이라 했고, 궁궐 사방에 대문을 만들어

송도의 모든 것을 재현하려 했다.

오랜 항쟁 후 결국 함락되었지만 조상의 충절忠節을 느낄 수 있는 곳이다.

고려궁지 아래쪽에는 강화도령으로 유명한 철종의 생가가 있다.

초등학교 때 지독한 감기로 기관지 염증이 심했다.

할머니 손을 잡고 2시간 넘게 버스를 타고 도착한 강화성당.

의사이기도 한 외국인 신부님이 계시다는 말을 듣고 무작정 온 것이다.

신부님은 성호를 긋고는 따뜻한 미소를 지으며 나를 치료해 주셨고,

성당을 나설 때는 비누까지 손에 쥐어주셨다.

"깨끗이 씻으면 아프지 않을 것"이라면서.

세월이 흘러도 변함없는 맛, 비빔국수집.
창업자인 노모老母의 건강이 좋지 않아 요즘은 아들이 운영하고 있다.
식당 안에는 "45년 전 국수 값은 20원"이라고 적혀 있다.

나는 유독 이 가게 국수를 좋아해서 근처에 오면 반드시 들른다.
어떤 때는 근처 결혼식장에 왔다가 뷔페도 마다하고
이 가게를 찾아와 비빔국수를 먹은 적도 있다.

학교는 영원한 마음의 고향이다.

지금도 교실 문을 열면 담임선생님과 동급생들이 활짝 웃으며

나를 반겨줄 것 같다.

하지만 이젠 그들의 머리에도 하얀 서리가 내렸겠지.

내가 다니던 내가초등학교.

모두가 '내가' 이니… 어린 시절부터 자아自我가 확립되었을까?

"잠든 영혼을 깨우소서!"

할아버지, 할머니, 아버지, 어머니, 누나, 동생 그리고 내가 다니던 교회.

종루는 내 부모님과 우리 부부가 기증한 것으로

송구스럽게도 아래에 가족의 이름을 적은 명패가 있다.

눈 덮인 운동장에 보이는 축구 골대.
오늘의 나를 있게 해준 원동력이라 할 수 있다.
축구를 통해 굳센 체력과 의지를 갖추었고, 조화와 경영을 배웠으니
내게는 축복이자 큰 스승이었다고 해도 과언이 아닐 것이다.

가만! 골키퍼도 없으니 한 번 슛을 해볼까?

나는 축구 외에 철봉을 특히 좋아했다.

1학년 때는 가장 낮은 철봉에 매달려 놀았지만,

학년이 올라가면서 키도 자라 나중에는 가장 높은 곳에 매달릴 수 있었다.

빨강, 노랑, 파랑, 보라… 색색의 철봉대와 단계별로 높아가는 철봉은

'무지개처럼 아름다운 꿈을 품되 욕심내지 말고 차근차근 이뤄 가라'고

말하는 듯하다.

"지치고 힘들 때면 시장으로 가라. 목청껏 소리치며 손님을 부르고
값을 깎아 달라며 아웅다웅 하는 모습을 보면 기운이 솟을 것이다."
이처럼 시장은 늘 생기가 돈다.
강화도 특산물인 새우도 생기가 넘친다.

강화도의 새우젓은 특히 유명하고 종류도 많다.
6월에 담그니 육젓, 5월에 담그니 오젓, 가을에 담그니 추젓…
이 정도라면 '젓갈타령'도 한 가락 나올 법한데.

집은 비와 눈을 막아주고 아늑한 삶을 이루도록 해주는 보금자리다.
하지만 집은 사람이 살지 않으면 금방 무너지고 만다.

집과 사람과의 관계가 이럴진대 사람끼리의 관계야 오죽 할까?
세상에 독불장군은 없고 서로 조화를 이뤄야 한다.

문은 입구이기도 하지만 외부와 나를 차단하는 장치이기도 하다.
문을 닫고 살면 결국 모두와의 관계가 막히고 만다.

겨울에는 문을 닫고, 봄이면 활짝 열 듯
삿된 것은 멀리 하고, 좋은 것은 받아들여야 한다.
그리고 문은 오직 안에서만 열 수 있다는 사실을 잊으면 안 된다.

장작과 연탄은 아가페의 표상.

평소에는 집에서 가장 홀대 받는 곳에 놓여 있지만

한 마디 불평 하는 법이 없다.

그리고 겨울이면 스스로를 태워 우리를 따뜻하게 만들어 준다.

"너는 누구에게 한 번이라도 뜨거운 사람이었느냐?"는
안도현의 시가 떠오른다.

초지진에서 바라본 초지대교.
다리가 생기면서 인간의 생활은 편해졌지만
그만큼 정신세계도 발달했는지?

우리는 너무도 바쁘게 살고 있다.

육지에 있는 배는 왠지 처량해 보인다.

똑바로 있지도 못하고 비스듬히 기울어진 모습은 더더욱 그런 느낌을 준다.

하지만 푸른 파도를 가르며 시원하게 항해를 하기 위해서는

육지에서의 정비가 필요하다.

인생도 다를 바 없다.

전진을 위해서는 움츠리고 있는 시간도 있어야 한다.

문제는 움츠리고 있는 동안 초심初心을 잃지 말아야 한다는 것.

어두운 곳에 빛을!
절망이 있는 곳에 희망을!

강화의 또 다른 관문 초지진草芝鎭.

신미양요와 병인양요를 겪은 역사의 현장이기도 하다.

입구에는 포탄 자국이 역력한 노송老松이 우뚝 서 있고,

안에는 외세의 침입을 막고자 사용했던 대포가 있다.

해안선을 따라 늘어선 철책을 보노라면
아직도 우리는 지구상에 유일하게 남은
분단국가라는 사실을 자각하게 된다.

동서냉전東西冷戰은 끝난 지 오래인데
남북이 하나가 될 날은 언제일지?
초등학교 때 부르던 노래 '우리의 소원'이 떠오른다.

돌담은 쌓기가 어렵지만 거센 태풍에도 무너지지 않는다.

모든 일은 이와 다름없다.

힘들고 괴롭더라도 인내심을 가지고 바탕을 튼튼히 이뤄야만

보다 큰 목표를 이룰 수 있다.

삼량중고등학교三良中高等學校.

나의 본격적인 축구 인생이 시작된 곳이기도 하다.

까까머리 학생들이 운동장에서 공을 차는 모습이 눈 앞에 선하다.

애향양재愛鄕養材를 이념으로, 천지인天地人의 조화를 이뤄

지덕체智德體 세 가지를 좋게良 이루라는 이름이다.

가슴에 손을 얹고 생각해 본다.

과연 그 세 가지 가운데 내가 이룬 것은 무엇인지.

석모도席毛島로 가는 선착장.

부두에서의 슬픈 이별을 알리는 뱃고동 소리는 사라진 지 오래.

배에 오르려는 자동차 행렬이 길게 꼬리를 물고 있는데,

갯벌에서 노니는 물새 두 마리는 한가로이 보인다.

자연은 저토록 한가로운데, 인간은 왜 그리 바쁜지?

강화의 중심이자 민족성지인 마니산摩尼山.

원이름은 두악頭嶽이며, '머리산' 또는 '마리산'이라고도 불렀다.

1977년 3월 31일 국민관광지로 지정되었다.

단군이 제천한 명산으로 용이 승천하고 용마가 나왔으며,

신선이 사는 곳으로 72대 왕후장상이 나올 곳이라 한다.

정상에는 제천의식을 봉행한 참성단이 있으며, '88 세계장애자올림픽을 비롯하여

매년 전국체전 때 성화를 채화·봉송하는 민족의 영산이다.

등산로를 따라 918개의 돌계단을 올라가면 서해가 한눈에 들어오며,

동쪽 기슭에는 신라 선덕여왕 때 화정선사가 창건한 정수사淨水寺가 있다.

가지 않은 길

숲속에 두 갈래 길이 있었다.
나는 사람이 덜 밟은 길을 택했고
그것이 내 운명을 바꾸어 놓았다.

Two roads diverged in a wood, and I took the one less traveled by,

And that has made all the difference.

'The Road not Taken' by Robert Frost(1874-1963)

집 앞 저수지. 겨울이 되어 꽁꽁 얼면 썰매를 타곤 했다.
썰매를 타고 달리는 기분! 상쾌도 하다.

고향 집은 언제나 푸근하다.

금방이라도 어머니가 달려 나오실 것 같기 때문이다.

지금도 아내가 이 곳에 거주하며

강화에 있는 학교로 출퇴근하고 있고, 나 역시 주말이면 이 곳에 간다.

그리고 도란도란 옛 시절 이야기를 나누느라 밤새는 줄 모른다.

오늘 다시 시작한다

> "충성된 사자使者는 그를 보낸 이에게 마치 추수
> 하는 날에 얼음냉수 같아서 능히 그 주인의 마음
> 을 시원하게 하느니라."
>
> – 잠언 25장 13절

지천명知天命을 넘어 이순耳順을 바라보는 나이가 가까워지니 그동안의
삶을 반추하고 앞으로의 여생을 어떻게 살 것인가를 생각해 보게 된다.

얼마 전, 군산 공장을 방문했다가 그곳 직원의 소개로 호남 선비를
한 분 만난 적이 있다. 그분은 사서오경四書五經에 달통하고 아직까지도
상투를 틀고 갓을 쓴 채 생활하는 보기 드문 선비였다.

"정치에서 정政이란 둥글월 문攵과 바를 정正이 합친 글자로 '글로써
바르게 한다'는 뜻입니다. 치治는 다스린다는 것이고요. 그러니까 정치

란 학문을 닦은 선비가 우매한 백성을 이끌어 나라를 바르게 세운다는 것이죠. 옛날에는 글을 배운 이가 적었으니까요.

하지만 요즘에는 배운 이가 너무 많아요. 예전에는 선비 그러니까 글을 배운 양반이 국민의 7퍼센트가 되지 않았거든요. 물론 그 중에서 벼슬을 하는 이는 더욱 적었고요.

옛날 선비는 오늘날의 대학생 정도로 볼 수 있는데… 요즘은 너무 많아요. 얼마 전까지만 해도 시골 마을 출신이 대학에 들어가면 현수막을 걸고 그랬잖습니까. 하지만 지금은 기본이 대학원 출신이고 박사도 부지기수예요.

물론 국민의 지적知的 수준이 높아지는 건 좋아요. 하지만 그게 거죽뿐이란 말입니다. 외국에서 박사를 따서 오면 뭐 해요? 우리말도 제대로 못하는데.

영어는 유창한데 정작 우리말은 중학생 수준이니… 대체 어느 나라 사람입니까?

게다가 소위 일류대를 나와 어려운 시험을 통과한 고위 공무원이나 국민들이 투표로 뽑은 국회의원들의 모습을 보면 정말 기가 막혀요.

뇌물 수수나 비리는 당연한 일이 되었고, 회의장에서 멱살을 잡고 싸우지 않나 해머로 문을 부수질 않나. 날품팔이 노동자도 창피해 할 일을 서슴없이 하고 있으니 '작태作態'라고 밖에는 달리 표현할 말이 없어요. 광화문 앞에 해태가 왜 있는지 아십니까?"

"잘 모르겠습니다."

"경복궁의 정문이랄 수 있는 광화문은 왕의 큰 덕德이 온 나라를 비춘다는 의미예요. 그 앞에 놓인 해태海豸는 삼각산의 화기火氣를 막는다는 설도 있지만, 그건 풍수지리적인 이야기이고… 해태는 군주의 기강과 위엄을 나타내고 시비是非나 선악善惡을 판단한다는 동물이지요. 법과 정의의 상징이란 말입니다.

법法의 고자古字는 법灋으로, 물 수水와 해태 치廌, 갈 거去 자가 합친 글자지요. 물처럼 공평하며, 해태의 신령함으로 엄정하게 시비곡직을 가리고, 악을 제거한다는 것이지요. 해태는 이처럼 관리들이 비행을 저지르지 못하도록 살핀다는 의미지요. 하지만 요즘 같으면 해태에게 물려가지 않을 관리가 드물 거예요. 여의도에 갖다 놓으면 더더욱 그럴 거고요."

그 말을 듣는 순간 가슴이 뻥 뚫리듯 시원해졌고, 머릿속은 아침에 태양이 떠오른 것처럼 환해졌다. 가슴이 시원해진 것은 평소 내가 느끼던 바를 정확하게 표현한 때문이었고, 머리가 밝아진 것은 내가 가졌던 막연한 꿈의 실체를 알게 된 때문이었다.

나는 어린 시절부터 비교적 앞서가는 아이였던 만큼, 초등학생 때 반장을 하면서도 학급 운영에서 비효율적인 면은 고치려 했고 그런 시도가 대부분 성공을 거두었다.

막연하지만 '질서'와 '조화'라는 경영의 코드를 알고 있었고, 또 그를 실천하면서 자연스레 체득하게 되었는지도 모른다. 중고등학교에서 축구부 주장을 할 때도 마찬가지였다. 그것은 내 포지션이 미드필더였다

274

는 사실과도 관련이 있다.

미드필더Midfilder는 말 그대로 필드의 중앙이 정위치이다. 게임의 흐름을 한눈에 파악하고 가장 유리한 곳에 있는 선수에게 공을 전달해 주는 역할을 한다. 결국 선수들의 기량을 조화시켜 최고의 성과를 이뤄내는 것이니 경기를 운영한다고 해도 크게 틀린 말은 아닐 것이다. 이 같은 '조화'의 코드는 회사의 부도로 노사가 첨예하게 대립할 때도 어느 정도 성과를 거둔 듯하다.

내겐 소중한 선배이자 상사였던 닉 라일리 사장의 말처럼 '노사 문제의 대부분은 회사의 잘못에서 비롯된다'고 할 수 있다. 이 말은 회사의 잘못이 크다는 것이지 노조 측도 전혀 잘못이 없다고 할 수는 없다.

물론 100퍼센트 회사가 잘못할 수도 있고, 경영자가 악덕업주일 수도 있다. 그럴 때는 노동자들이 단결하여 권리를 찾는 것이 당연하다.

하지만 그렇지 않음에도 불구하고 모든 책임을 사측에만 전가하고 터무니없는 요구를 한다면 문제가 아닐 수 없다. 노동자란, 사무직이건 생산직이건 간에, 일터가 있어야 존재할 수 있는 것이다. 일터를 벗어나면 더 이상 노동자가 아니다.

그런 만큼 일터를 지킨다는 것을 염두에 두고 부조리를 척결해야지, 무조건 '회사는 흑黑이요 노동자는 백白'이라는 흑백논리를 내세우면 곤란하다.

흑백 논리로는 절대 조화를 이룰 수 없다. 그리고 조화를 이루지 못한 조직은 결국 와해되고 만다.

국가의 경영도 크게 다르지 않다. 국민이 선출한 지도자나 국민을 대표하는 국회의원들은 비록 여야與野로 나뉠지라도 조화를 이뤄야 상생하는 정치가 될 수 있다.

그리고 국정도 기업적 경영 마인드를 도입하여 운영해야 한다고 생각한다. 경영이란 동일한 조건에서 최대한 효율을 이뤄내는 방법인 때문이다.

그런데 국정 운영의 주체인 정치인이나 관련자들을 보면 학자나 법조인 출신은 많은데 기업인 출신은 찾아보기 힘들다.

이처럼 이론에는 밝지만 현장경험이 없으면, 또한 노동자의 시각을 갖지 않으면 효율적인 운영이 제대로 이뤄질 수 없다.

정부는 일자리 창출에 많은 노력을 기울이지만 그저 숫자만 늘었을 뿐 대부분이 일용직이나 단기 아르바이트에 불과하다. 실제로 현장에서 그러한 일을 한 번도 해본 적이 없는 이가 계획을 세우다 보니 내실이 없는 것이다.

버스 한 번 타 보지 않고 매일 자가용만 타는 이가 어찌 서민을 위한 교통정책을 수립할 수 있을까? 군대는 고사하고 제식훈련조차 제대로 받아 보지 않은 이가 어찌 군사 정책에 관여할 수 있을까? 그러니 탁상행정이요 한 치 앞을 내다보지 못하는 시책이란 말을 듣는 것이다.

나는 30년 가까이 자동차 제조현장에 근무하며, 회사의 성쇠盛衰와 경제의 부침浮沈을 내 눈으로 지켜보았다. 그러면서 일자리 창출과 지역 경제 회복이 얼마나 중요한지 깨달았고, 실제로 그를 위해 많은 노

276

력을 기울였다. 필요에 의해 실물경제 전문가가 된 것이다.

회사와 근로자, 국가와 국민은 물과 물고기의 관계와도 같다. 서로 조화를 이뤄야 상생이 가능하지 어느 한쪽 입장만 내세운다면 공멸共滅하고 만다.

요즘 같은 글로벌시대에는 더더욱 그렇다. 외국이 보기에도 한국은 기업을 세우기 좋은 나라라는 인식을 주고, 그런 환경을 마련해 주어야 투자가 늘고 우리 경제가 발전할 수 있다.

이를 위해 올바른 정책을 세우고 효율적으로 진행하자면 정치인과 공무원들의 인식 변화는 필수적이다. 그리고 무엇보다 입안立案부터 실행까지 국가경영의 모든 것이 투명해야 한다.

내가 미국계 기업에 근무하며 배운 것은 바로 '투명경영'이다. 경영이 투명하니 정치권과 연계도 없고 직원들의 불만도 적다. 나는 국가를 경영하는 정치 역시 이처럼 투명해야 한다고 생각한다.

우리나라는 6·25 전쟁의 간난艱難을 딛고 불과 반세기만에 세계에서 꼽히는 경제대국으로 성장했다. 무엇보다 근면하고 성실한 민족성이 크게 기여했다고 할 수 있다.

하지만 이제 시대는 바뀌었다. 근면과 성실이라는 1차원적인 코드만으로는 급변하는 세태에 부응하기 힘들다. 현재의 위치를 지키고 앞으로의 발전을 이루기 위해서는 오랜 현장경험을 바탕으로 한 경영 마인

드와 탁월한 국제적 감각이 필요하다.

그러나 이러한 부분을 갖춘 정치인은 찾아보기 힘들다. 배는 훌륭한데, 거센 파도를 헤치며 멋진 항해를 이끌어 갈 선장이 없는 격이다.

내 삶에 등불이 된 책 가운데 한 권으로 공병우 박사의 자서전 『나는 내 식대로 살아 왔다』를 꼽는다. 직업선수에서 직장인으로 변모할 시절, 그 책은 내게 활력을 주었고 바른 삶으로 인도했다. 그리고 내게 확신을 주었다. 나도 내 식대로 살아 왔고 앞으로도 그럴 것이며, 그것이 바른 길이라고.

물론 내 식대로 살았다고 해서 멋대로 산 것은 아니다. 거듭 강조하지만 나는 어릴 때부터 운동을 했고, 직업선수로서 활동을 했다. 반평생을 스포츠맨으로 살아온 것이다.

스포츠란 무엇인가? 룰을 바탕으로 서로의 기량을 겨뤄 승부를 내는 것이다. 뛰고달리는 그라운드에도 엄격한 규칙이 존재하는 것이다.

물론 근자에 이르러서는 반칙도 교묘해지고 선수들의 플레이도 거칠어졌지만 그것은 다른 면으로는 기술 및 전략이 발전한 것이라고도 볼 수 있다. 여전히 룰은 존재하고 심판의 판정 시비도 있으니까.

하지만 근본적으로 스포츠맨들은 룰을 잘 지킨다. 룰을 어기다 보면 기량을 발휘할 기회마저 박탈되기 때문이다. 이처럼 보이지 않는 약속인 룰을 지키면서도 내 식대로 살아 왔고, 그것이 틀리지 않았기에 대인관계도 무난했고 또 직장에서 최연소임원이 되는 영광도 안을 수 있었다고 생각한다.

비록 굴곡은 있었지만 '산업의 꽃'이요 국가 기간산업에 버금가는 자동차 제조 현장에서 짧지 않은 세월을 보냈으며, 내수는 물론 수출에도 관여했고, 또한 외국계 기업에 근무하며 투명경영과 국제적 감각을 배웠다고 자부한다.

게다가 오랜 현장 경험으로 실물경제에 관한 한 전문가가 되었으므로 요즘 가장 문제가 되는 청년 실업에 대한 해결을 어느 정도 이상 할 수 있으리라 생각한다.

물론 오늘날의 삶은 그저 풍요롭다는 것으로는 만족할 수 없다. 삶의 질이 중요한 문제로 부각되고 있는 것이다. 즉 경제 외에 문화적인 욕구에 대한 관심이 높아졌고, 사회와 국가가 할애하는 비중도 증가하고 있다.

나는 직업 축구선수로 활동도 했고, 인천 축구협회장·인천 유나이티드 프로축구단 대표이사로서 팀의 운영도 해보았기에 축구에 관한 한, 나아가 생활체육에 관해서는 누구보다 전문가라고 자부한다.

나는 대학에서 10여 년간 강의하였으며 또한 아내가 초등학교 교사로서 30여 년을 근무했으니, 교육의 중요성에 대해서도 일반의 수준은 넘으리라 생각한다.

'부부는 일심동체一心同體'라는 말처럼, 아내와 함께 이 나라 교육제도와 문제점에 대해 적지 않은 이야기를 나누었고, 교육과 사업, 학교와 기업을 비교하며 모종의 코치를 하기도 했다.

때문에 내가 가진 바를 바탕으로 사회와 국가를 위해 봉사해 보겠다는 꿈을 품었고, 이를 실현하기 위해 조심스런 첫 발을 내딛고자 한다. 비록 그것이 험난한 길이고, 내 마음의 상처로 남을지라도…

내가 조심스럽게 뜻을 밝히니 운동선수나 기업인으로서 경험은 인정하지만 정치에는 문외한이니 염려가 된다고 말하는 분도 있다. 틀린 말은 아니다. 하지만 '고인 물은 썩는다'고 한다. 물이란 쉬지 않고 흘러야 맑음을 유지하고 제 기능을 할 수 있지 않은가.

나는 무경험이 오히려 강점이 되어 낡은 틀을 걷어내고 새로운 틀을 만들 수 있으리라 확신한다. 어떤 일이나 시작은 있는 법이고, 혹여 내게 때가 묻는다면 그것을 털어내고자 노력할 테니까.

"아름다운 꿈을 지녀라. 그리하면 때 묻은 오늘의 현실이 순화되고 정화될 수 있다. 먼 꿈을 바라보며 하루하루 그 마음에 끼는 때를 씻어나가는 것이 곧 생활이다. 아니, 그것이 생활을 헤치고 나가는 힘이다. 이것이야말로 나의 싸움이며 기쁨이다" 라는 릴케Rainer Maria Rilke (1875~1926)의 이야기는 우리에게 힘을 준다.

2014년 1월 거무내에서

조건도

한국 자동차의 역사*

1903		고종황제 캐딜락 4기통 1대 도입
1944	12월	경성정공 설립(기아자동차의 전신)
1955	02월	신진공업사 설립(대우자동차의 전신)
	08월	시발자동차 생산
	12월	하동환 자동차제작소 설립
1957	03월	신진공업(주) 설립
1962	01월	새나라자동차 설립(닛산과 기술제휴)
		경성 / 3륜차, K-360, T-600
	02월	전국자동차공업협동조합 창립
	05월	자동차공업보호법 제정 : 외산자동차 및 부품의 수입금지('67. 12. 31. 폐지)
	10월	경성 / 기아산업으로 상호변경
	12월	하동환 자동차공업(주) 설립
		새나라 / BLUE BIRD 조립생산
1963	03월	기아 / T-1500(3륜차)
	04월	자동차 손해배상 보정법 제정 공포
	11월	신진 / 신성호
1964	08월	자동차공업 종합육성계획 발표
1965	07월	아시아자동차공업(주) 설립

＊ 한국자동차산업협회 홈페이지에 수록된 〈자동차 역사〉를 발췌하였음.

		자동차 국산화 3개년계획 발표 : 67년까지 국산화율 90%
		신진 / 새나라 자동차 인수
1966	01월	신진 / 일본 도요다와 기술제휴
		신진 / 신진자동차 공업(주)로 상호변경
	05월	신진 / CORONA
1967	03월	기계공업진흥법 제정
	04월	자동차 제조공장 허가기준 발표
	05월	신진 / CROWN, PUBLICA
	12월	기아 / 일본 동양공업과 3륜차 제조기술 제휴
		현대자동차(주) 설립
1968	02월	아시아 / 伊 FIAT와 자본 및 기술도입 계약
		현대 / FORD와 기술 · 조립 · 판매계약 체결
	11월	현대 / CORTINA
	12월	아시아 / 광주공장 준공
1969	02월	자동차공업육성 기본계획 발표
		− 1단계('67~'69) : 자동차 조립공장 건설 완료
		− 2단계('70~'73) : 부품양산, 엔진 / 차체공장 건설
		− 3단계('73~'76) : 완전 국산표준차 양산체제 확립,
		부품단위 국산화, 자동차 가격인하
	11월	신진 / JEEP
1970	01월	자동차공업 3원화정책
		: 자동차 생산규모 56,000대 확정
	02월	아시아 / FIAT 124
	04월	서울에 CALL TAXI 등장
	07월	경부고속도로 개통(총연장 428Km)
	10월	현대 / CORTINA P / UP
	12월	호남고속도로 개통(대전~전주)
1971	09월	현대 / NEW CORTINA
	12월	영동고속도로 개통(서울~강릉)
1972	01월	군소 조립공장 폐쇄조치
	06월	GMK설립 : 신진과 GM이 50:50 합자
	08월	GMK / CHV-1700, REKORD
1973	01월	중화학공업정책 선언 : 80년대초 자동차 50만대 생산계획

	04월	고급 외제승용차에 중과세 부과
	10월	자동차 4원화체제 확정(현대 · 기아 · GMK · 아시아)
		호남 · 남해고속도로 개통
1974	02월	현대자동차 서비스(주) 설립
	04월	신진지프 자동차공업(주) 설립
	08월	서울지하철 개통(1호선)
	10월	기아 / BRISA
1975	08월	GMK / REKORD ROYALE
	10월	영동 · 동해고속도로 개통
	11월	운전면허 심사기준제도 신설
	12월	자동차관련 중소기업 계열화 촉진법 제정
	12월	현대 / PONY, New CORTINA VAN
1976	03월	GMK / CAMINA
	07월	현대 / 에콰도르에 PONY 첫 수출
	08월	기아 / 아시아자동차 인수
	11월	GMK / 새한자동차로 상호변경
1977	01월	자동차에 특별소비세 도입 적용
	02월	하동환자동차 / 동아자동차로 상호변경
	03월	현대 / CORTINA MARK-Ⅳ
	05월	기아 / BRISA Ⅱ
	12월	구마고속도로 개통
		새한 / GEMINI
1978	06월	대우 / 산업은행이 보유한 새한자동차 지분 인수
		환경보전법 공포
	10월	현대 / GRANADA
1979	01월	지방세법 개정 : 배기량 구분 자동차세 부과
	02월	기아 / PEUGEOT 604
	03월	신진지프 / (주)신진자동차로 상호변경
	05월	기아 / FIAT 132
	08월	현대 / PONY 1400
1980	05월	새한 / ROYALE DSL
		MAX P / UP DSL
	08월	자동차공업 통합조치 발표

		– 현대 : 새한을 통합하여 승용차 전문 생산
		– 기아 : 5통미만의 소형상용차 전문 생산
		– 5톤 이상의 버스, 트럭은 자유경쟁
	09월	현대 / CORTINA MARA-V
		GRANADA(4기통)
1981	02월	현대 / 미쓰비시와 기술제휴
		자동차공업 합리화 조치
		– 승용차, P / UP : 새한, 현대
		– 1톤~5톤 트럭 및 라이트버스 : 기아
		– 특장차:동아, 바위용차량 : 아시아
		신진 / (주)거화로 상호변경
1982	01월	야간통행금지 전면 해제
	02월	모든 택시에 LPG사용 허용
	03월	새한 / MAEPSY 1.5
	05월	현대 / PONY 2.12P / UP
	11월	휘발유 특별소비세 인하(160%→100%)
1983	01월	새한 / 대우자동차로 상호변경
	02월	현대 / 캐나다 현지법인 (HACI) 설립
	07월	현대 / STELLAR 1.4, 1.6
1984	03월	88올림픽 고속도로 개통(광주~대구)
1985	02월	현대 / EXCEL 5DOOR
	04월	현대 / 미국 현지법인(HMA) 설립
	05월	국내 자동차보유대수 1백만대 돌파
	06월	동아 / (주)거화 인수
	07월	현대 / PRESTO 4DOOR
	11월	서울 택시요금에 거리, 시간 병산제 도입실시
		현대 / SONATA
1986	03월	대우 / PRINCE 1.5
		SALON SUPER
	04월	도로교통법 개정 : 전용도로에서 안전벨트착용 의무화
	07월	기아 / 미국 FORD와 자본제휴
		현대 / GRANDEUR 2.0
	09월	쌍용 그룹 / 동아자동차 인수 → 쌍용자동차

	11월	대우 / LEMANS RACER
	12월	기아 / PRIDE1.1
1987	01월	자동차공업합리화조치 해제
1990	02월	현대 / SCOUPE
		아시아 / ROCSTA
	03월	기아 / 기아산업에서 기아자동차(주)로 상호 변경
	09월	한국자동차부품종합기술연구소(KATECH) 창립
		대우 / ESPERO 2.0
	10월	6대도시 주요시설물에 대해 교통유발분담금 부과
		현대 / ELANTRA 1.5, 1.6
1991	01월	승용차 자동차세 배기량기준 단일과세
	02월	쌍용 / 독일 BENZ와 소형상용 기술제휴
	05월	대우조선 / TICO(경승용)
	09월	유류판매가격 주유소별 자율화
		현대정공 / GALLOPER
	11월	대우조선 / DAMAS, LABO
1992	02월	전국 운전면허인구 1천만명 돌파
	04월	쌍용 / KALLISTA
		POTENTIA 2.2, 3.0
		아시아 / TOWNER
	09월	승용차 에너지효율등급표시제 실시
		현대 / New GRANDEUR 2.0, 3.0
		기아 / SEPHIA
	10월	전국 자동차 등록대수 5백만대 돌파
	11월	쌍용 / 독일 BENZ와 자본제휴(자본 5%취득)
	12월	대우 / 미국 GM과의 합작관계 청산
		서울에 모범택시제 실시(기본요금 3천원)
1993	01월	대우자판(주) 설립
		자동차용 유연휘발유 공급 중단
	05월	현대 / SONATA II 1.8, 2.0
	06월	자동차산업 환경보전 선언문 발표(KAMA)
	07월	기아 / SPORTAGE
	08월	쌍용 / MUSSO

1994	01월	대우 / ARCADIA 3.2
	03월	기아 / AVELLA 1.3
	04월	현대 / ACCENT 1.3, 1.5
	05월	삼성, 한라 / 대형상용차 생산
		대우 / CIELO 1.5
	06월	대우자판(주) / 우리자판(주)으로 상호변경
	08월	자동차 보유대수 700만대 돌파
	11월	통상산업부 / 삼성의 승용차사업 진출 허용
1995	03월	현대 / MARCIA, AVANTE
		대우 / NEXIA 1.5
	04월	쌍용 / ISTANA
	05월	'95 서울모터쇼 (5.4 ~ 5.10) 개최
		기아 / CREDOS 1.8, 2.0
	08월	현대 / 업계최초로 공개 리콜 실시
	09월	한·미 자동차협상 타결
		현대 / AVANTE TOURING
	12월	한국 연간 자동차 수출 100만대 돌파
		현대정공 / SANTAMO
		7인승 미니밴
1996	02월	기아 / 인도네시아 국민차사업 참여
		현대 / SONATA III 1.8 / 2.0
	04월	현대 / TIBURON 2.0
	05월	현대 / DYNASTY 3.0 / 3.5
	07월	기아 / ELAN 1.8
	11월	서울시 혼잡통행료 징수
		(남산1·3호터널, 2인 이하 탑승 승용차)
		대우 / LANOS 1.5
1997	02월	대우 / NUBIRA 1.5, 1.8
	03월	현대 / STAREX
		기아 / Enterprise 2.5 / 3.0 / 3.6
	04월	'97서울모터쇼(4.24 ~ 5.1) 개최
		쌍용 / Istana
	05월	자동차 보증기간 연장(1년 2만km→2년 4만km)

		기아 / 인도네시아 국민차 생산개시
	07월	기아자동차 부도
		자동차 보유 1000만대 돌파
	08월	기아 / SEPHIA II 1.5 / 1.8
	09월	현대 / 경승용 ATOZ
	12월	기아 / SHUMA 1.5 / 1.8
1998	01월	대우 / 쌍용자동차 인수계약 체결
		기아 / CARNIBAL
	02월	기아 / CREDOS II 1.8 / 2.0
	03월	현대 / EF SONATA 1.8 / 2.0
	03월	삼성 / SM520 / 525
	04월	대우 / MATIZ
	05월	자동차 최초 정기검사 주기 연장 (3년→ 4년)
	06월	아시아 / RETONA
	07월	기아 / PARKTOWN
	10월	한미 자동차협상 타결
		현대 / GRANDEUR XG
	11월	현대 / 기아 인수 최종 확정
1999	03월	현대 / 현대자동차써비스와 합병
		대우 / NUBIRA II
	04월	현대 / 기아 인수대금 최종 납입
		기아 / VISTO, CARSTAR
		현대 / EQUUS
	05월	'99 서울모터쇼(5.10 ~ 18) 개최
		자동차 수출누계 1000만대 돌파
	06월	기아 / 아시아 등 5개사 합병
		삼성 / 빅딜 백지화, 법정관리 신청
		기아 / CARENS
		현대 / VERNA
	07월	수입선다변화제도 폐지
		현대 / 현대정공 분할합병 결의
		현대 / GALLOPER V6
		LPG밴

	10월	현대 / TRAJET XG
	12월	기아 / RIO
		대우 / MAGNUS
2000	01월	대우 / REZZO
	02월	기아 법정관리 해제
	04월	현대 / AVANTE XD
		대우 / LANOS II
	05월	기아 / SPECTRA
	06월	현대 / SANTA FE
	07월	기아 / OPTIMA
	08월	대우 / MATIZ II
	09월	르노삼성자동차(주) 신설법인 출범
		현대정공 / 현대모비스로 사명 변경
	11월	대우, 부도 및 법정관리 신청
		정부, 삼성상용차 퇴출 결정
	12월	정부, 2001년부터 자동차 면허세 폐지 결정
2001	01월	현대 / New EF SONATA
	02월	기아 / CARNIVAL II
		현대 / TERRACAN
	04월	현대 / LAVITA
	06월	KAMA, 자동차 KNX센터 업무개시
	09월	대우, GM과 매각 양해각서 체결
		2001 부산모터쇼 개최
		쌍용 / REXTON
		현대 / TUSCANI
	11월	국산차 미국판매 500만대 돌파
		중국 WTO 정식 가입
2002	03월	기아 / SORENTO
	04월	현대, 중국 북경기차와 대규모 합작공장 설립
	05월	현대 / CLICK,
		기아 / REGAL,
		대우 / KALOS
	07월	현대 / NEW VERNA

288

		KAMA, 자동차PL 상담센터 개설
	08월	르노삼성 / SM3
	09월	대우자동차 채권단 양해각서(MOU) 체결
		쌍용 / MUSSO SPORTS
	10월	GM대우자동차, 공식 출범 선언
	11월	2002 서울모터쇼(11.21~29) 개최
		지엠대우 / LACETTI
2003	03월	기아 / OPIRUS
	04월	기아 / X-Trek
	05월	코리아오토포럼(KAF) 창립
		현대 / NEW AVANTE XD
	09월	쌍용 / NEW CHAIRMAN
	10월	2003 부산모터쇼(10.2~12) 개최
	11월	기아 / CERATO
		지엠대우 / NEW KALOS
	12월	쌍용 / NEW REXTON
2004	02월	기아 / MORNING
	03월	지엠대우 / NEW LACETTI
		현대 / TUCSON
	05월	제1회 '자동차의 날' 개최
		쌍용 / RODIUS
	09월	현대 / SONATA
2005	01월	르노삼성 / NEW SM5
	02월	자동차보유대수 1,500만대 돌파
	04월	2005서울모터쇼(4.30~5.8) 개최
		기아 / PRIDE
	05월	제2회 '자동차의 날' 개최
		현대 / GRANDEUR TG, 기아 / PRIDE 디젤
	06월	KAMA, 세계자동차공업연합회(OICA) 6대 상임이사국 진출
		쌍용 / KYRON, 현대 / AVNATE 디젤
	07월	기아 / GRAND CARNIVAL
	08월	르노삼성 / SM3 New Generation
	09월	지엠대우 / GENTRA

		현대 / VERNA MC, VERNA MC 디젤
	10월	지엠대우, 대우인천차(부평공장) 인수
		쌍용 / ACTYON
	11월	기아 / LOTZE, 현대 / SantaFe CM
2006	01월	지엠대우 / TOSCA, 현대 / SONATA 디젤
		쌍용 / REXTON II
	04월	부산모터쇼 개최
		기아 / New CARENS
	05월	제3회 '자동차의 날' 개최
		현대 / AVANTE HD, 쌍용 / ACTYON SUT
		기아 / LOTZE 디젤
	07월	지엠대우 / WINSTORM
	10월	현대 / VERACRUZ
		기아 / CEE'D
2007	02월	지엠대우 / LACETTI 디젤
	04월	2007서울모터쇼 개최(4.5~4.15)
		한·미 자유무역협정(FTA) 타결
		쌍용 / New KYRON
	05월	제4회 '자동차의 날' 개최
	07월	르노삼성 / SM5 New Impression, 현대 / i30
	10월	지엠대우 / GENTRA-X
	11월	현대 / SONATA Transform, 르노삼성 / QM5
	12월	연간 해외생산 116만대 돌파
2008	01월	경차기준 변경(배기량 800cc이하 → 1,000cc이하)
		기아 / MOHAVE, New MORNING
		르노삼성 / SM7 New ART, 현대 / GENESIS
		지엠대우 / TOSCA Premium6
	02월	현대차, 인도 제2공장 준공
		쌍용 / CHAIRMAN W
	05월	부산모터쇼 개최
		제5회 '자동차의 날' 개최
2009	03월	현대 / EQUUS(IV)
	04월	자동차산업 활성화 방안 (5.1~12.31)

		기아 / SORENTO R
	06월	기아 / FORTE KOUP
	07월	하이브리드자동차 출시
		현대 / AVANTE LPi Hybrid
		르노삼성 / New SM3
	08월	현대 / UCSON ix
		지엠대우 / MATIZ Creative
	09월	경유차 배출허용기준 유럽 EURO-5 적용
		현대 / YF SONATA
	11월	기아 / K7
	12월	노동조합 및 노동관계조정법 개정
2010	01월	르노삼성 / New SM5
	03월	기아 / SPORTAGE R
	05월	제7회 자동차의 날 개최
		부산모터쇼 개최
		기아 / K5
	08월	현대 / AVANTE MD
	09월	지엠대우 / ALPHEON
	11월	현대 / ACCENT
	12월	한·미 자유무역협정(FTA) 추가협상 타결
		정부 '그린카 발전 로드맵' 발표
2011	01월	현대 / GRANDUER(HG)
		기아 / MORNING(TA)
	02월	한국지엠 / ORLANDO, AVEO
		쌍용 / KORANDO C
	03월	한국지엠(GM Korea Company), 지엠대우에서 사명 변경
		한국지엠, 쉐보레 브랜드 도입
		쌍용, 법정관리 해제(인도 마힌드라&미힌드라, 쌍용 대주주 지분 인수)
		2011서울모터쇼(3.31~4.10) 개최
	04월	한국지엠 / CAPTIVA
	05월	제8회 자동차의 날 개최
		현대 / YF SONATA Gasolin Hybrid
		기아 / K5 Gasolin Hybrid

	07월	한 · EU FTA 발효
	08월	르노삼성 / New SM7
	09월	현대 / i40
		기아 / PRIDE(UB)
	10월	현대 / i30(GD)
	11월	기아 / RAY
		한국지엠 / MALIBU
		한국지엠 / ALPHEON eAssist(Hybrid)
	12월	국내 첫 양산형 전기자동차 출시
		기아차 RAY EV
2012	01월	쌍용 / KORANDO Sports
	03월	한 · 미 FTA 발효
	04월	현대 / SANTAFE(DM)
	05월	제9회 자동차의 날 개최
		부산모터쇼 개최
		기아 / K9
	08월	현대 / AVANTE MD
	09월	소비활성화 위한 자동차개별소비세 한시적 인하(9.11~12.31)
		- 2000cc 초과 8%→6.5%, 2000cc 이하 5%→3.5%,
		지엠대우 / ALPHEON
		기아 / K9
	11월	현대차, 브라질 공장 준공
2013	02월	쌍용 / KORANDO Turismo (RODIUS F / L)
		한국지엠 / TRAX
		현대차, 세계 최초 투싼ix 수소연료전지차 양산
	03월	2013서울모터쇼(3.29~4.7) 개최
		현대 / MAXCRUISE
		기아 / ALL NEW CARENS(RP)
		2013서울모터쇼 개최(3.29~4.7)
		현대 · 기아차, 국내 생산공장 주간연속 2교대제 시행
	05월	제10회 자동차의 날 개최